दूसरा ज़हर

AF690264

कबीर श्रीवास्तव

Copyright © Kabir Srivastava
All Rights Reserved.

This book has been self-published with all reasonable efforts taken to make the material error-free by the author. No part of this book shall be used, reproduced in any manner whatsoever without written permission from the author, except in the case of brief quotations embodied in critical articles and reviews.

The Author of this book is solely responsible and liable for its content including but not limited to the views, representations, descriptions, statements, information, opinions and references ["Content"]. The Content of this book shall not constitute or be construed or deemed to reflect the opinion or expression of the Publisher or Editor. Neither the Publisher nor Editor endorse or approve the Content of this book or guarantee the reliability, accuracy or completeness of the Content published herein and do not make any representations or warranties of any kind, express or implied, including but not limited to the implied warranties of merchantability, fitness for a particular purpose. The Publisher and Editor shall not be liable whatsoever for any errors, omissions, whether such errors or omissions result from negligence, accident, or any other cause or claims for loss or damages of any kind, including without limitation, indirect or consequential loss or damage arising out of use, inability to use, or about the reliability, accuracy or sufficiency of the information contained in this book.

Made with ♥ on the Notion Press Platform
www.notionpress.com

माता पिता को समर्पित

समाज की ज़िंदा आवाज़ों को समर्पित

क्रम-सूची

प्रस्तावना

नमस्कार ,

आज हम ऐसे काल में जी रहे हैं जहाँ विकास की, आधुनिकता की चमक बहुत दिखाई देती है, लेकिन क्या हमने कभी दो पल इस भाग दौड़ में संभलकर यह सोचा है कि हम जिस समाज में रहते हैं उसके भीतर क्या चल रहा है? ऐसा क्या है जिस कारन आज का युवा पहले से अधिक बेचैन दिखाई देता है? क्यों रिश्तों में विश्वास कम होता जा रहा है? क्यों विचारों की असहमति इतनी जल्दी घृणा में बदल जाती है? क्यों हम धीरे-धीरे इंसानों को इंसानों की तरह देखना भूलते जा रहे हैं? मेरा मानना है कि समाज को केवल वे ज़हर नहीं तोड़ते जो शरीर को नुकसान पहुँचाते हैं। कुछ अदृश्य ज़हर ऐसे भी होते हैं जो विचारों में जन्म लेते हैं, विश्वासों में पलते हैं और धीरे-धीरे मनुष्य की संवेदनाओं को नष्ट कर देते हैं। जब ऐसा होता है तो नुकसान केवल एक व्यक्ति का नहीं होता अपितु पूरे समाज का होता है।

"दूसरा ज़हर" इसी चिंता से जन्मी एक कथा है। यह उन अदृश्य शक्तियों, कमजोरियों और परिस्थितियों की पड़ताल करती है जो एक साधारण इंसान को ऐसे रास्तों पर ले जाती हैं जहाँ से लौटना आसान नहीं होता। यह उपन्यास किसी निर्णय पर पहुँचने का आग्रह नहीं करता, बल्कि कुछ प्रश्न आपके सामने रखता है और

उनके उत्तर खोजने के लिए आपको आमंत्रित करता है।

तो आइए, सलाखों के पीछे से शुरू होने वाली इस यात्रा में मेरे साथ चलिए। उन दो ज़हरों की दुनिया में प्रवेश करें जो अलग-अलग रास्तों से चलकर एक ही अँधेरे की ओर ले जाते हैं।

सफ़र शुरू करते हैं।

— कबीर श्रीवास्तव

दूसरा ज़हर

दोपहर धीरे-धीरे अपनी परिपक्वता की ओर बढ़ रही थी।

जेल की ऊँची पत्थर की दीवारों के बाहर आसमान साफ़ था। वर्षा ऋतु आने में अभी कुछ सप्ताह शेष थे, इसलिए नीले आकाश पर कहीं-कहीं रूई के फाहों जैसे सफेद बादल आलस्य से तैर रहे थे। दीवारों के उस पार पेड़ों की चोटियाँ हवा के साथ हिलतीं तो कभी-कभी उनकी हरकत का आभास जेल की नंगी दीवारों पर पड़ती छायाओं से मिलता था।

लेकिन यह सब जेल के भीतर कैद लोगों के लिए लगभग किसी दूसरे संसार की घटना थी।

कोठरी नंबर सत्ताईस में बैठा आदमी न तो उन पेड़ों को देख सकता था और न ही उस विशाल आकाश को।

उसकी दुनिया पत्थर, लोहा और सन्नाटा थी।

कोठरी की दीवार के ऊपरी हिस्से में एक छोटी-सी जालीदार रोशनदान थी, जो बाहर की दुनिया से उसका एकमात्र संबंध थी। वहीं से आती धूप हर दिन

फर्श पर एक नया आकार बनाती थी।

सुबह वह धूप दीवार के बिल्कुल पास एक पतली सुनहरी रेखा बनकर उतरती। दोपहर तक वह फैलकर आयताकार हो जाती और फिर धीरे-धीरे खिसकते-खिसकते शाम की ओर बढ़ जाती।

जेल की घड़ियाँ अक्सर रुक जाती थीं, पहरेदार कभी-कभी समय गलत बता देते थे, लेकिन धूप कभी झूठ नहीं बोलती थी। कैदियों ने वर्षों से उसी को अपनी घड़ी बना रखा था।

इस समय वह सुनहरा आयत फर्श के लगभग बीचों-बीच पड़ा था। उसकी लंबाई और कोण देखकर कोई भी अनुभवी कैदी बता सकता था कि दोपहर अपने मध्य बिंदु को पार कर चुकी है।

धूप की उसी आकृति के किनारे बैठा था आरव। उसकी पीठ दीवार से लगी थी। घुटने मोड़े हुए थे। हाथ आपस में बंधे हुए। उसका चेहरा किसी ऐसे व्यक्ति का चेहरा नहीं था जो मृत्यु की प्रतीक्षा कर रहा हो। उसमें भय नहीं था। घबराहट नहीं थी। यहाँ तक कि बेचैनी भी नहीं। बल्कि उसे देखकर ऐसा लगता था मानो कोई लंबी यात्रा का थका हुआ यात्री किसी वृक्ष की छाया में बैठकर विश्राम कर रहा हो।

चार दिन पहले ही उसे इस जेल में लाया गया था। चार दिन पहले अदालत ने उसके भाग्य पर अंतिम मुहर लगा दी थी और तब से उसने न तो किसी से झगड़ा किया था, न किसी से विशेष बात। वह अधिकांश समय चुप रहता।

कभी रोशनदान से दिखाई देने वाले आकाश के छोटे-से टुकड़े को देखता, कभी फर्श पर सरकती धूप को।

ऐसा नहीं था कि उसे अपनी स्थिति का बोध नहीं था। बल्कि शायद वह उससे बहुत अधिक परिचित हो चुका था। मनुष्य जिस भय से सबसे अधिक भागता है, कभी-कभी उसी भय के साथ इतने लंबे समय तक जीता है कि वह भय रह ही नहीं जाता। वह आदत बन जाता है। आरव के साथ भी शायद यही हुआ था।

कोठरी के बाहर गलियारे में सन्नाटा पसरा हुआ था।

दूर कहीं किसी कैदी के खाँसने की आवाज़ आती।

फिर चुप्पी। किसी लोहे के दरवाज़े के बंद होने की आवाज़ गूँजती। फिर चुप्पी। जेलों में शोर भी अंततः सन्नाटे का ही हिस्सा बन जाता है।

तभी गलियारे में भारी जूतों की एक परिचित आवाज़ सुनाई दी।

ठक...

ठक...

ठक...

आवाज़ में एक अजीब प्रकार का अधिकार था। जैसे चलने वाला व्यक्ति केवल गलियारे में नहीं, बल्कि वहाँ मौजूद लोगों के जीवन पर भी अपना अधिकार समझता हो।

आरव ने सिर उठाया। आवाज़ धीरे-धीरे उसकी कोठरी के सामने आकर रुक गई।

लोहे की सलाखों के पीछे खड़ा आदमी लगभग साठ वर्ष का था। उसकी वर्दी पुरानी थी, पर इस्त्री इतनी करीने से की गई थी मानो वह अब भी भर्ती के पहले दिन वाली हो। चौड़े कंधे अब कुछ झुकने लगे थे, लेकिन उनमें वर्षों की कठोरता अब भी बची हुई थी। घनी मूँछें लगभग पूरी तरह सफेद हो चुकी थीं। चेहरे

की त्वचा धूप और उम्र के कारण खुरदुरी पड़ गई थी। माथे पर गहरी रेखाएँ थीं।

और आँखें... वे आँखें सबसे अलग थीं।

उनमें वह कठोरता नहीं थी जो कर्तव्य निभाने से आती है।

उनमें वह कठोरता थी जो वर्षों तक नफरत को सींचने से पैदा होती है।

उसका नाम हिम्मत सिंह था। करीब चालीस वर्षों से वह जेल विभाग में था। उसने चोर देखे थे। लुटेरे देखे थे। हत्यारे देखे थे और इतने अपराध देखे थे कि अब वह अपराध और अपराधी में कोई अंतर नहीं कर पाता था। धीरे-धीरे उसने यह मान लिया था कि जेल की सलाखों के पीछे बंद हर आदमी अपने भीतर किसी न किसी अँधेरे का पात्र है और अँधेरे के साथ दया नहीं की जाती। उसे कुचला जाता है।

शायद इसी विश्वास ने उसे वैसा बना दिया था जैसा वह आज था। जेल में बहुत-से हवलदार थे जिनसे कैदी डरते थे।

लेकिन हिम्मत सिंह उन गिने-चुने लोगों में था जिनसे कैदी नफरत भी करते थे। क्योंकि वह केवल दंड नहीं देता था।

वह अपमान भी देता था। उसे गालियाँ देने में आनंद आता था। उसे किसी कैदी के चेहरे पर डर देखना अच्छा लगता था।

और अब, अपनी सेवानिवृत्ति के ठीक पहले, जब शिकायतों और विभागीय कार्रवाई का भय लगभग समाप्त हो चुका था, उसकी कठोरता पहले से भी अधिक खुलकर सामने आने लगी थी।

उसने सलाखों पर अपना डंडा पटका। धातु की तीखी आवाज़ कोठरी में गूँज उठी। आरव ने उसकी ओर देखा और पहली बार दोनों की आँखें मिलीं...

हिम्मत सिंह ने सलाखों पर अपना डंडा एक बार फिर पटका। धातु की तीखी ध्वनि कोठरी की दीवारों से टकराकर लौटी और फिर धीरे-धीरे सन्नाटे में विलीन हो गई।

आरव ने सिर उठाकर उसकी ओर देखा। कुछ क्षणों तक दोनों एक-दूसरे को देखते रहे। एक के चेहरे पर समय की कठोरता थी। दूसरे के चेहरे पर समय की

थकान।

हिम्मत ने अपनी भारी मूँछों के नीचे होंठ भींचे। उसे यह लड़का समझ नहीं आता था। चार दिन पहले मौत की सज़ा सुनाई गई थी। चार दिन। इतने समय में उसने बड़े-बड़े बदमाशों को टूटते देखा था। कई लोग रात भर रोते रहते थे। कई भगवान को पुकारते थे। कई अपने परिवार के नाम चिल्लाते थे और कुछ ऐसे भी होते थे जो पागलों की तरह हँसने लगते थे। लेकिन यह लड़का...यह तो जैसे किसी और ही दुनिया में बैठा था।

"नाम क्या है तेरा?"

उसने रूखे स्वर में पूछा।

"आरव।"

"पूरा नाम।"

"आरव शर्मा।"

हिम्मत ने सिर हिलाया।

फिर कुछ क्षण उसे ऊपर से नीचे तक देखता रहा।

"उम्र?"

"सत्ताईस।"

"हूँ।"

हिम्मत ने गहरी साँस छोड़ी।

"सत्ताईस साल।"

वह जैसे खुद से ही बात कर रहा था।

"इस उम्र में लोग घर बनाते हैं। शादी करते हैं। बच्चों का भविष्य सोचते हैं।"

फिर उसकी आँखें अचानक कठोर हो गईं।

"और कुछ लोग हत्या करके यहाँ पहुँच जाते हैं।"

आरव चुप रहा।

हिम्मत को उसकी यही आदत सबसे ज़्यादा चुभती थी।

उसे ऐसे कैदी पसंद थे जो गुस्सा करें। बहस करें। गिड़गिड़ाएँ। डरें। लेकिन यह लड़का तो जैसे उसके सामने बैठा ही नहीं था। जैसे उसका मन कहीं और था। जैसे वह इन दीवारों के भीतर होते हुए भी इनके भीतर नहीं था।

"सुनाई नहीं देता?"

हिम्मत गरजा।

"या कान भी खराब हो गए हैं?"

आरव ने उसकी ओर देखा।

"सुनाई देता है।"

"फिर जवाब क्यों नहीं देता?"

"किस बात का जवाब दूँ?"

हिम्मत कुछ पल उसे घूरता रहा। फिर हँसा। एक ऐसी हँसी जिसमें उपहास अधिक था, प्रसन्नता कम।

"अच्छा।"

"अब सवाल भी हम सोचकर पूछें?"

आरव ने कुछ नहीं कहा।

रोशनदान से आती धूप अब फर्श पर थोड़ा और खिसक गई थी। उसका सुनहरा किनारा आरव के पैरों तक पहुँच चुका था। वह अनायास ही उसकी ओर देखने लगा। हिम्मत ने भी उसकी दृष्टि का पीछा किया।

"क्या देखता रहता है ऊपर?"

आरव ने उत्तर दिया—

"आसमान।"

हिम्मत ने गर्दन उठाकर रोशनदान की ओर देखा। उसे वहाँ सिर्फ नीले रंग का एक छोटा-सा टुकड़ा दिखाई दिया।

"इतने-से आसमान में क्या रखा है?"

आरव के चेहरे पर हल्की-सी मुस्कान आई।

"अब मेरे हिस्से में बस उतना ही बचा है।"

यह सुनकर हिम्मत के चेहरे पर क्षणभर के लिए एक अजीब-सा भाव आया। लेकिन वह तुरंत गायब हो गया।

"फालतू बातें।"

उसने डंडा फर्श पर पटका।

"जेल आदमी को शायर बना देती है।"

कुछ क्षण दोनों चुप रहे। गलियारे के दूर वाले हिस्से से किसी कैदी की खाँसी की आवाज़ आई। फिर सन्नाटा। फिर कहीं किसी लोहे के दरवाज़े के बंद होने की आवाज़।

फिर वही सन्नाटा। हिम्मत ने सलाखों को पकड़ लिया।

उसकी उँगलियाँ उम्र के कारण थोड़ी टेढ़ी हो चुकी थीं, लेकिन पकड़ अब भी मजबूत थी।

"जानता है?"

उसने कहा।

"चालीस साल हो गए मुझे इस नौकरी में।"

आरव ने उसकी ओर देखा।

"इतने सालों में मैंने जितने चेहरे देखे हैं, उतने शायद किसी आदमी ने पूरी जिंदगी में नहीं देखे होंगे।"

"हर तरह के लोग।"

"हर तरह के अपराध।"

उसने हल्का-सा सिर झटका।

"और एक बात समझ में आई।"

"क्या?"

"आदमी अपने बारे में कभी सच नहीं बोलता।"

आरव ने कोई प्रतिक्रिया नहीं दी।

हिम्मत आगे बोला—

"हर कैदी कहता है कि हालात जिम्मेदार थे। मजबूरी जिम्मेदार थी। समाज जिम्मेदार था। दोस्त जिम्मेदार थे। पर खुद कोई जिम्मेदार नहीं होता।"

उसकी आवाज़ में वर्षों का संचित तिरस्कार था।

"जैसे सारी गलतियाँ दुनिया करती है और ये बेचारे बस उसके शिकार हैं।"

इस बार आरव ने धीरे से कहा—

"कभी-कभी ऐसा भी होता है।"

हिम्मत की आँखें सिकुड़ गईं।

"क्या?"

"कि आदमी दोषी भी हो और शिकार भी।"

गलियारे में कुछ क्षणों के लिए पूर्ण शांति छा गई। हिम्मत ने उसे ऐसे देखा जैसे पहली बार देख रहा हो। फिर उसने तिरस्कार से सिर हिलाया।

"दर्शनशास्त्र।"

"तुम लोगों के पास हमेशा बहुत होता है।"

वह सीधा खड़ा हो गया। जेब से घड़ी निकाली। समय देखा। फिर घड़ी वापस रख ली।

"खैर।"

उसने कहा।

"आज से अकेले नहीं रहोगे।"

आरव ने भौंहें हल्की-सी उठाईं।

"मतलब?"

"मतलब यही कि तेरी कोठरी में एक और कैदी आने वाला है।"

आरव कुछ क्षण चुप रहा। उसके चेहरे पर न उत्सुकता थी, न असंतोष। बस एक साधारण-सा प्रश्न।

"कब?"

"आज।"

"कौन है?"

हिम्मत ने कंधे उचकाए।

"मुझे क्या पता।"

"फाइल में नाम लिखा होगा।"

"नाम याद रखना मेरा काम नहीं है।"

उसने डंडे को कंधे पर टिका लिया।

"मेरे लिए सब एक जैसे हैं।"

फिर उसने सलाखों से पीछे हटते हुए कहा—

"तैयार रहना।"

"अब किसी और की खर्राटे भी सुनने पड़ेंगे।"

पहली बार आरव के चेहरे पर हल्की-सी हँसी आई। बहुत हल्की। इतनी कि शायद कोई दूसरा देख भी न पाए। लेकिन हिम्मत ने देख ली और न जाने क्यों, उसे वह हँसी पसंद नहीं आई। वह मुड़ा। उसके भारी जूतों की आवाज़ फिर गलियारे में गूँजने लगी।

ठक...

ठक...

ठक...

धीरे-धीरे वह दूर होता गया। हिम्मत सिंह के जूतों की आवाज़ गलियारे में धीरे-धीरे विलीन हो गई। फिर वही सन्नाटा लौट आया। वह सन्नाटा जो जेलों में कभी पूरी तरह समाप्त नहीं होता।

आरव कुछ देर तक उसी दिशा में देखता रहा जिधर हवलदार गया था। फिर उसने गर्दन घुमाई और रोशनदान की ओर देखने लगा। ऊपर आकाश का छोटा-सा टुकड़ा दिखाई दे रहा था। नीला, स्वच्छ और आश्चर्यजनक रूप से स्वतंत्र। उस रोशनदान से बाहर की दुनिया का बहुत कम हिस्सा दिखाई देता था। लेकिन जो दिखाई देता था, वह आरव के लिए पर्याप्त था। दीवार के उस पार शायद कोई पुराना पीपल का पेड़ था। उसकी केवल ऊपरी शाखाएँ ही नज़र आती थीं। कभी कोई पत्ता हवा में काँपता। कभी कोई टहनी झुकती। कभी किसी पक्षी का पंख क्षणभर के लिए दिखाई देता और फिर गायब हो जाता। आरव ने घुटनों को थोड़ा और समेट लिया। उसकी आँखें अब आसमान पर टिकी थीं। एक सफेद बादल धीरे-धीरे तैरता हुआ रोशनदान के चौकोर फ्रेम में प्रवेश कर रहा था। वह कुछ देर तक उसे देखता रहा। फिर उसके चेहरे पर मुस्कान उभरी। उसे वह बादल किसी हाथी जैसा लगा। विशाल कान। मोटी सूँड़। धीमी चाल। कुछ देर बाद हवा बदली। बादल का आकार भी बदल गया। अब वह हाथी नहीं रहा। अब वह किसी बूढ़े आदमी जैसा दिखाई देने लगा। झुकी हुई कमर। लंबी दाढ़ी। ऊपर उठी हुई उँगली। आरव हल्के से हँसा।

जेल के भीतर अकेले बैठे आदमी की वह हँसी किसी और को शायद अजीब लगती। लेकिन उस क्षण वह सचमुच आनंदित था। बचपन में वह यही किया करता था। गर्मी की छुट्टियों में घर की छत पर लेटकर घंटों बादलों को देखता रहता। कभी घोड़े बनाता। कभी

जहाज़। कभी पहाड़। कभी राक्षस और फिर कुछ ही मिनटों बाद वे सब बदल जाते। मानो आकाश स्वयं चित्रकार हो और हवा उसकी कूची।

उसे याद नहीं था कि आखिरी बार उसने बादलों को इस तरह कब देखा था। शायद वर्षों पहले। शायद तब, जब जीवन अभी इतना जटिल नहीं हुआ था। तभी उसकी नज़र पीपल की सबसे ऊपरी शाखा पर गई। एक छोटी-सी चिड़िया वहाँ आकर बैठी थी। वह बार-बार अपनी गर्दन घुमा रही थी।

फिर अचानक फुदककर दूसरी शाखा पर चली गई। फिर तीसरी पर। फिर उड़ गई। आरव ने अनायास ही उसका पीछा करने की कोशिश की। लेकिन रोशनदान छोटा था। चिड़िया उसकी दृष्टि से ओझल हो गई।

"भाग्यशाली है।"

उसने धीमे से कहा।

उसकी आवाज़ इतनी धीमी थी कि मानो वह स्वयं से बात कर रहा हो। कुछ क्षण बाद वह फिर मुस्कुराया।

"नहीं..."

"शायद उसे भी लगता होगा कि मैं भाग्यशाली हूँ।"

वह दीवार से सिर टिकाकर बैठ गया। अचानक उसे एक खेल सूझा। उसने रोशनदान की लोहे की सलाखों के बीच दिखाई देने वाले आकाश को चार बराबर हिस्सों में बाँट लिया। फिर मन ही मन गिनने लगा कि अगला पक्षी किस हिस्से से गुजरेगा। पहला पक्षी बाईं ओर से आया। दूसरा ठीक बीच से। तीसरा ऊपर की ओर से। तीन बार वह हार गया। चौथी बार जीत गया और तब उसने ऐसे मुस्कुराकर सिर हिलाया जैसे कोई बच्चा अपनी छोटी-सी जीत पर खुश हो।

कोठरी वैसी ही थी। पत्थर की। संकरी। उदास। लेकिन उस समय उसके भीतर बैठा आदमी उदास नहीं था। उसका मन उस छोटे-से रोशनदान से निकलकर कहीं दूर भटक रहा था। पेड़ों में। बादलों में। हवा में। उन जगहों पर जहाँ किसी जेल की दीवार का अधिकार नहीं चलता। उसे यह विचित्र लगता था कि मनुष्य का शरीर कैद किया जा सकता है।

लेकिन उसकी कल्पना को नहीं और शायद इसी कारण वह अब भी पूरी तरह टूटा नहीं था।

धूप का सुनहरा टुकड़ा फर्श पर धीरे-धीरे सरक रहा था।

समय बीत रहा था और आरव उस बीतते समय को ऐसे देख रहा था जैसे कोई कलाकार अपने सामने बनती-बिगड़ती चित्रकला को देखता है।

शाम कब रात में बदल गई, आरव को ठीक-ठीक पता नहीं चला। जेल में समय का प्रवाह बाहर की दुनिया जैसा नहीं होता। वहाँ सूरज घड़ी नहीं होता, केवल एक संकेत होता है।

और जब अंधेरा उतरता है, तो ऐसा लगता है मानो पूरा संसार धीरे-धीरे किसी गहरे कुएँ में डूब रहा हो।

रोशनदान से दिखाई देने वाला नीला आकाश पहले सुनहरा हुआ। फिर बैंगनी। फिर धूसर और अंततः काला।

कुछ देर बाद जेल के गलियारों में पीले बल्ब जल उठे। उनकी मद्धिम रोशनी पत्थर की दीवारों पर अजीब-सी परछाइयाँ बना रही थी। रात के भोजन के बाद अधिकांश कैदी अपने-अपने कोनों में सिमट गए थे। कहीं धीमी बातचीत हो रही थी। कहीं कोई पुराना गीत गुनगुना रहा था। कहीं कोई अपने घर की बातें

याद कर रहा था। लेकिन धीरे-धीरे सब आवाज़ें कम होती गईं और फिर जेल पर रात का वही परिचित सन्नाटा उतर आया।

आरव अपनी चारपाई पर लेटा हुआ था। उसकी आँखें बंद थीं, पर वह सो नहीं रहा था। वह रोशनदान से दिखाई देने वाले आकाश को याद कर रहा था। उसे वह बादल याद आ रहा था जो दोपहर में हाथी जैसा दिख रहा था। उसे वह चिड़िया याद आ रही थी जो पीपल की शाखा पर आकर बैठी थी और यह सोचकर उसे स्वयं पर हल्की-सी हँसी आ गई कि एक मौत का इंतज़ार करता आदमी पूरे दिन बादलों और चिड़ियों के बारे में सोचता रहा।

तभी दूर से भारी लोहे के फाटक के खुलने की आवाज़ गूँजी।

घड़ाSSSक...

फिर दूसरी।

फिर तीसरी।

आरव ने सिर उठाया। कुछ देर बाद गलियारे में कदमों की आवाज़ सुनाई देने लगी। इस बार कदमों के साथ चाबियों की खनखनाहट भी थी और उन सबके बीच एक आवाज़ थी जिसे वह पहचानता था।

हिम्मत सिंह।

जेल का सबसे पुराना हवलदार। उसकी भारी आवाज़ गलियारे में गूँज रही थी, लेकिन शब्द स्पष्ट सुनाई नहीं दे रहे थे। धीरे-धीरे वह सब उसकी कोठरी के सामने आकर रुक गया। चाबियाँ खनकीं। ताला खुला। लोहे का दरवाज़ा चरमराया। आरव उठकर बैठ गया। सबसे पहले उसे हिम्मत सिंह दिखाई दिया। उसकी सफेद मूँछें पीली रोशनी में और भी कठोर लग रही थीं। उसके पीछे एक आदमी खड़ा था।

या यूँ कहें कि एक परछाईं खड़ी थी। पहली नज़र में आरव को उसका चेहरा भी साफ़ दिखाई नहीं दिया। उसका सिर झुका हुआ था। बाल इतने बड़े थे कि आधा माथा और आँखों का कुछ हिस्सा उनमें छिप गया था। उसने जो कपड़े पहन रखे थे, वे किसी कैदी के कपड़ों जैसे नहीं लगते थे।

अच्छे कपड़े थे। हालाँकि अब धूल और सिलवटों से भर चुके थे। जैसे किसी आदमी को अचानक उसकी सामान्य दुनिया से उठाकर यहाँ फेंक दिया गया हो।

"अंदर।"

हिम्मत सिंह ने कठोर स्वर में कहा।

वह आदमी हल्का-सा काँपा। सचमुच काँपा।

जैसे आवाज़ सुनकर डर गया हो। फिर धीरे-धीरे भीतर आया। आरव की नज़र अनायास उसके चेहरे की ओर गई।

पीली रोशनी एक क्षण के लिए उस पर पड़ी। बस उतना ही।

लेकिन उतने में भी उसने कुछ बातें देख लीं। गालों पर नाखूनों जैसी कई लंबी खरोंचें थीं। कुछ पुरानी। कुछ अपेक्षाकृत नई। होंठ सूखे हुए थे। चेहरा थका हुआ था।

और आँखें...आँखें शायद सबसे विचित्र थीं क्योंकि उनमें वह भाव नहीं था जो आरव ने अब तक कैदियों

में देखा था। न गुस्सा। न पछतावा। न विद्रोह। न शर्म। सिर्फ भय।

गहरा, लगातार, भीतर तक उतर चुका भय। ऐसा भय जो किसी घटना से नहीं, बल्कि लंबे समय से किसी के भीतर रहने से पैदा होता है।

हिम्मत सिंह ने तिरस्कार से उसे देखा। फिर दरवाज़ा बंद कर दिया। लोहे की सलाखें टकराईं। ताला लगा। चाबी घुमाई गई। और कुछ ही क्षण बाद उसके जूतों की आवाज़ गलियारे में दूर होती चली गई।

ठक...

ठक...

ठक...

कोठरी में अब केवल दो लोग थे। आरव और वह अजनबी। कुछ क्षण तक पूर्ण मौन रहा।

फिर आरव ने कहा—

"नमस्ते।"

कोई जवाब नहीं। अजनबी आदमी कोठरी के सबसे दूर वाले कोने तक गया। जहाँ रोशनी सबसे कम थी और वहाँ जाकर दीवार से पीठ सटाकर बैठ गया। घुटनों को सीने से लगाकर। सिर झुकाकर। जैसे वह स्वयं को छोटा से छोटा बना लेना चाहता हो। जैसे उसे डर हो कि कोई उसे देख न ले। आरव कुछ देर उसे देखता रहा।

फिर बोला—

"मेरा नाम आरव है।"

कोई उत्तर नहीं।

"तुम्हारा नाम क्या है?"

चुप्पी।

"पहली बार जेल आए हो?"

चुप्पी।

"किस मामले में?"

चुप्पी।

आरव हल्का-सा मुस्कुराया।

"ठीक है। बात करने का मन नहीं होगा।"

लेकिन तब भी कोई प्रतिक्रिया नहीं हुई। वह आदमी उसी तरह बैठा रहा। मानो उसने कुछ सुना ही न हो या शायद सुनकर भी अनसुना कर दिया हो।

समय बीतता गया। रात और गहरी होती गई। एक-एक करके जेल की बाकी आवाज़ें भी समाप्त हो गईं। दूर कहीं कोई कैदी नींद में बड़बड़ाया।

फिर सन्नाटा। फिर कुछ नहीं।

आरव अपनी चारपाई पर लेट गया लेकिन उसकी जिज्ञासा समाप्त नहीं हुई थी। वह बीच-बीच में उस कोने की ओर देख लेता। जहाँ नया कैदी बैठा था। वह

अब भी उसी मुद्रा में बैठा था। बिल्कुल स्थिर। मानो कोई मूर्ति हो।

काफी देर बाद वह धीरे-धीरे करवट लेकर फर्श पर लेट गया लेकिन उसने अपना चेहरा दीवार की ओर कर लिया। पीठ पूरी तरह आरव की तरफ।

"सो गए?"

आरव ने पूछा।

कोई जवाब नहीं।

"नाम तो बता दो।"

चुप्पी।

"अरे भाई, कम से कम इतना तो बता दो कि तुम्हें क्या बुलाऊँ।"

फिर भी कुछ नहीं।

आरव ने हार मान ली। उसने सिर के नीचे हाथ रखा और आँखें बंद कर लीं लेकिन शायद आधी रात के आसपास उसकी नींद खुल गई। कारण कोई आवाज़ थी।

बहुत धीमी। इतनी धीमी कि पहली बार उसे लगा कि शायद उसने सपना देखा है। फिर आवाज़ दोबारा आई।

सिसकी। बहुत हल्की। बहुत दबाई हुई।

आरव उठकर बैठ गया। कोठरी में अंधेरा पहले से अधिक घना था। लेकिन उसे उस कोने में पड़ी आकृति दिखाई दे रही थी। वह आदमी दीवार की ओर मुँह किए लेटा था और उसके कंधे बहुत हल्के-हल्के काँप रहे थे। जैसे वह रो रहा हो। नहीं। जैसे वह रोने की कोशिश भी छिपा रहा हो। आरव कुछ क्षण चुप रहा। फिर उसने धीमे स्वर में कहा—

"सुनो।"

कोई उत्तर नहीं।

"अगर बात करना चाहो तो मैं जाग रहा हूँ।"

कोई उत्तर नहीं। सिर्फ वही धीमी सिसकियाँ। कुछ देर बाद वे भी बंद हो गईं। फिर पूरी कोठरी में सन्नाटा फैल गया। आरव ने बहुत देर तक उस अंधेरे कोने की ओर देखा। लेकिन वहाँ अब केवल एक स्थिर परछाईं थी। एक ऐसी परछाईं जो अपने भीतर कुछ छिपाए बैठी थी। क्या? यह आरव नहीं जानता था और फिलहाल वह आदमी मानो यह सुनिश्चित कर चुका था कि कोई भी न जाने।

रात कब समाप्त हुई, इसका ठीक-ठीक पता आरव को नहीं चला। नींद उसे आई भी थी या नहीं, यह भी वह निश्चित रूप से नहीं कह सकता था। जेल में रातें अक्सर नींद और जागरण के बीच कहीं अटक जाती हैं। आदमी आँखें बंद किए पड़ा रहता है, लेकिन उसका मन जागता रहता है। कभी किसी पुरानी याद के साथ, कभी किसी पछतावे के साथ, कभी किसी ऐसे विचार के साथ जिसका कोई अंत नहीं होता।

सुबह सबसे पहले रोशनी के रूप में आई। रोशनदान से उतरती हुई एक पतली, लगभग संकोची किरण। वह पहले सामने वाली दीवार पर दिखाई दी। फिर धीरे-धीरे नीचे खिसकने लगी। जैसे कोई अदृश्य हाथ उसे पकड़कर पत्थर की दीवारों पर घुमा रहा हो। आरव की आँखें खुलीं। कुछ क्षणों तक वह वैसे ही पड़ा रहा। उसकी दृष्टि सीधे रोशनदान की ओर थी। ऊपर

आकाश का जो छोटा-सा टुकड़ा दिखाई देता था, उसका रंग बदल चुका था। रात का गहरा काला रंग अब धुँधले नीले में बदल रहा था। उस नीलेपन में एक ऐसी कोमलता थी जो जेल की दीवारों में कहीं नहीं मिलती थी। वह कुछ देर तक उसे देखता रहा। फिर उसकी नज़र पीपल की उन शाखाओं पर गई जो दीवार के ऊपर से झाँकती थीं। रात में वे केवल काली आकृतियाँ थीं। अब उनमें रंग लौट रहा था। पत्तों पर हल्की धूप पड़ रही थी। कुछ पत्ते हवा में काँप रहे थे। कुछ बिल्कुल स्थिर थे। एक चिड़िया अचानक कहीं से उड़ती हुई आई और क्षणभर के लिए शाखा पर बैठ गई। फिर उड़ गई। इतनी जल्दी कि अगर किसी ने पलक झपकी होती तो शायद उसे देख ही न पाता। आरव के चेहरे पर अनायास मुस्कान आ गई। वह हमेशा से ऐसी छोटी-छोटी चीज़ों को देखता आया था। बचपन में उसकी माँ कहा करती थी कि वह दुनिया की सबसे बेकार चीज़ों में भी दिलचस्पी ढूँढ़ लेता है। घंटों चींटियों को देख सकता था। बादलों के आकार गिन सकता था। पेड़ों की शाखाओं में चेहरे खोज सकता था। उसे याद आया कि एक बार उसने पूरे दिन सिर्फ इसलिए छत पर बिताया था क्योंकि उसे एक बादल किसी हाथी जैसा दिखाई दिया था और वह देखना चाहता था कि शाम तक वह किसमें बदलता है। याद आते ही उसके चेहरे पर हल्की-सी हँसी तैर गई। लेकिन यह हँसी अधिक देर नहीं ठहरी।

क्योंकि तभी उसे कुछ याद आया। आज की सुबह बाकी सुबहों जैसी नहीं थी। कोठरी में वह अकेला नहीं

था।

उसने धीरे-धीरे सिर घुमाया। उस कोने की ओर जहाँ रात में वह नया कैदी जाकर बैठ गया था। कुछ देर तक उसे केवल एक आकृति दिखाई दी। रोशनी अभी पूरी तरह वहाँ तक नहीं पहुँची थी। वह आदमी दीवार की तरफ करवट लिए पड़ा था। घुटने हल्के-से मुड़े हुए। दोनों हाथ सीने के पास सिमटे हुए। उसे देखकर ऐसा लगता था जैसे कोई सोता हुआ आदमी नहीं, बल्कि ठंड से बचने की कोशिश करता कोई बच्चा हो।

आरव कुछ देर तक उसे देखता रहा। फिर उसकी दृष्टि धीरे-धीरे उसके कपड़ों पर गई। अब दिन की रोशनी में वे अधिक साफ़ दिखाई दे रहे थे। वे जेल के कपड़े नहीं थे। एक हल्के रंग की शर्ट थी जो अब धूल और सिलवटों से भरी हुई थी। कलाई के पास कपड़ा फटा हुआ था। पैंट भी अच्छी गुणवत्ता की लगती थी। कम-से-कम इतनी अच्छी कि यह स्पष्ट हो जाए कि वह आदमी किसी समय सामान्य जीवन जीता था। वह उन अपराधियों जैसा नहीं लगता था जिन्हें आरव ने अदालतों और पुलिस चौकियों में देखा था। न उसके कपड़ों में वह लापरवाही थी न चेहरे पर वह ढिठाई न शरीर में वह अकड़। बल्कि उसमें कुछ और था कुछ ऐसा जिसे शब्दों में बाँधना कठिन था। आरव उठकर बैठ गया। उसने घुटनों पर हाथ रखे और चुपचाप उसे देखने लगा।

धीरे-धीरे रोशनी आगे बढ़ी। अब उसका चेहरा भी दिखाई देने लगा। सबसे पहले बाल। लंबे बेतरतीब मानो कई दिनों से कंघी न देखी हो। कुछ लटें आँखों पर गिरी हुई थीं। फिर माथा। फिर गाल और फिर वे निशान। आरव की आँखें अनायास वहीं ठहर गईं। गालों पर कई खरोंचें थीं। कुछ बहुत गहरी नहीं थीं लेकिन कुछ ऐसी थीं जिन्हें देखकर लगता था कि उन्होंने त्वचा को पूरी ताकत से चीरने की कोशिश की होगी। वे खरोंचें किसी सड़क दुर्घटना जैसी नहीं लगती थीं न किसी झगड़े जैसी। उनमें कुछ अजीब था। जैसे वे किसी कहानी के अधूरे वाक्य हों। कुछ बताना चाहती हों लेकिन पूरी बात न कह पा रही हों। आरव उन्हें देखता रहा। उसे अचानक यह महसूस हुआ कि वह उस आदमी के बारे में अनुमान लगाने लगा है। शायद वह गलत हो। शायद पूरी तरह गलत। लेकिन मनुष्य का मन खाली जगहों को भरना चाहता है। वह रहस्य को लंबे समय तक सहन नहीं कर पाता।

तभी वह आदमी हल्का-सा हिला। इतना हल्का कि अगर आरव ध्यान न दे रहा होता तो शायद देख ही न पाता।

पहले उसकी उँगलियाँ हिलीं। फिर कंधा। फिर उसने बहुत धीरे-धीरे करवट बदली और पहली बार उसका चेहरा पूरी तरह रोशनी में आ गया। कुछ क्षणों के लिए उनकी आँखें मिलीं। आरव स्थिर रह गया। उसने अपने जीवन में भय देखा था अदालतों में, थानों में,

अस्पतालों में यहाँ तक कि अपनी आँखों में भी लेकिन यह कुछ अलग था।

यह अचानक पैदा हुआ भय नहीं था। यह किसी दुर्घटना का भय नहीं था। यह वह भय था जो लंबे समय तक किसी इंसान के भीतर रहकर उसकी प्रकृति का हिस्सा बन जाता है। उस आदमी की आँखें किसी ऐसे जीव की आँखों जैसी थीं जो बार-बार घायल हुआ हो। जो हर आहट पर चौंकना सीख चुका हो। जो विश्वास करना भूल चुका हो। उन आँखों ने एक क्षण के लिए आरव को देखा। सिर्फ एक क्षण। लेकिन उस एक क्षण में आरव को ऐसा लगा जैसे वह किसी बहुत गहरे कुएँ के भीतर झाँक रहा हो। फिर अचानक वह आदमी घबरा गया। सचमुच घबरा गया। उसने तुरंत नज़रें फेर लीं। अपने बाल चेहरे पर और आगे खींच लिए और थोड़ा-सा खिसककर फिर दीवार की ओर मुड़ गया। जैसे रोशनी से बचना चाहता हो या शायद लोगों से या शायद स्वयं से। आरव कुछ नहीं बोला। पहली बार उसे लगा कि प्रश्न पूछना किसी घायल पक्षी को पकड़ने की कोशिश करने जैसा होगा। वह पक्षी उड़ नहीं सकता। लेकिन फिर भी हर स्पर्श से डरता है। कोठरी में फिर मौन फैल गया। लेकिन अब यह वैसा मौन नहीं था जैसा कल रात था। कल रात वह आदमी केवल एक रहस्य था। आज वह एक रहस्य होने के साथ-साथ एक पीड़ा भी बन गया था और दोनों बातें अलग थीं। बहुत अलग।

आरव ने फिर एक बार उसकी ओर देखा। फिर रोशनदान की ओर। फिर वापस उसकी ओर। उसे लग रहा था कि उसने कुछ समझ लिया है और साथ ही कुछ भी नहीं समझा है। जैसे कोई किताब खोलकर पहला पन्ना पढ़ लिया जाए और पता चल जाए कि कहानी बहुत बड़ी है लेकिन कहानी है क्या इसका अभी कोई अंदाज़ा न हो।

बाहर पीपल की पत्तियाँ हवा में हिल रही थीं। रोशनदान से आती धूप धीरे-धीरे फर्श पर फैल रही थी और कोठरी नंबर सत्ताईस में बैठे दो आदमी अपनी-अपनी चुप्पियों के साथ एक नई सुबह का सामना कर रहे थे। सुबह धीरे-धीरे अपने पूरे विस्तार में फैल चुकी थी। अब रोशनदान से आती धूप केवल एक पतली रेखा नहीं रह गई थी। वह फर्श पर उतरकर पत्थरों की दरारों तक पहुँच चुकी थी। कोठरी की दीवारों का फीका रंग भी रोशनी में कुछ अलग दिखाई दे रहा था।

फिर अचानक जेल का सन्नाटा टूटा। एक भारी घंटी बजी।

टन्नSSS...

उसकी आवाज़ पूरे परिसर में फैल गई। कुछ ही क्षणों में कई कोठरियों से आवाज़ें आने लगीं। कहीं कोई खाँस रहा था। कहीं कोई करवट लेकर उठ रहा था।

कहीं कोई गाली देकर किसी और को जगा रहा था। जेल जाग रही थी। आरव ने देखा कि उसका नया साथी भी उस आवाज़ से हल्का-सा चौंका था। इतना हल्का कि कोई दूसरा शायद ध्यान भी न देता लेकिन अब आरव उसे ध्यान से देखने लगा था। वह आदमी धीरे-धीरे उठा। उसने पहले चारों ओर देखा। फिर सलाखों की ओर। फिर दरवाज़े की ओर। जैसे हर सुबह उसे पहले यह निश्चित करना पड़ता हो कि वह कहाँ है और हर बार यह जानकर उसे निराशा होती हो। कुछ देर बाद गलियारे में हिम्मत सिंह दिखाई दिया। हमेशा की तरह तेज़ कदम। हमेशा की तरह कठोर चेहरा। हमेशा की तरह हाथ में डंडा।

"उठो!"

उसकी आवाज़ गूँजी।

"गिनती होगी।"

कई कोठरियों से धीमी-धीमी प्रतिक्रियाएँ आईं। कहीं कोई बड़बड़ाया। कहीं किसी ने उत्तर दिया। लेकिन कोठरी नंबर सत्ताईस से कोई आवाज़ नहीं आई। आरव खड़ा हो गया। नया कैदी भी खड़ा हो गया। लेकिन वह ऐसे खड़ा था जैसे किसी अदालत में फैसला सुनने आया हो। सिर झुका हुआ। कंधे सिकुड़े हुए। नज़रें नीचे। हिम्मत सिंह ने दोनों को देखा। फिर विशेष रूप

से नए कैदी पर कुछ क्षण निगाह टिकाए रखी। लेकिन कुछ बोला नहीं। उसने संख्या लिखी और आगे बढ़ गया। गिनती समाप्त होने के बाद कैदियों को थोड़ी देर के लिए बाहर निकाला गया। लंबे गलियारे से गुजरते हुए वे जेल के खुले हिस्से तक पहुँचे।

आसमान अब पूरी तरह साफ़ था। धूप तेज़ हो चुकी थी। खुले प्रांगण में पहुँचते ही अधिकांश कैदियों के व्यवहार में परिवर्तन आ गया। कुछ लोग तुरंत अपने परिचितों के पास चले गए। कुछ धूप सेंकने लगे। कुछ इधर-उधर टहलने लगे। कुछ ने बहस शुरू कर दी। जेल के भीतर भी मनुष्य अपने छोटे-छोटे संसार बना ही लेता है। आरव धीरे-धीरे चलता हुआ एक पेड़ की छाया के पास जा बैठा। कुछ देर बाद उसने अपने नए साथी को खोजा। उसे ढूँढ़ने में अधिक समय नहीं लगा। वह सबसे दूर वाली दीवार के पास बैठा था। अकेला। इतना अकेला कि मानो बाकी दुनिया से उसका कोई संबंध ही न हो। वह किसी से बात नहीं कर रहा था। किसी की ओर देख भी नहीं रहा था। बस बैठा था। दोनों हाथ घुटनों पर रखे हुए। सिर झुका हुआ। आरव ने कुछ देर उसे देखा। फिर उसके पास जाकर बैठ गया। उस आदमी ने तुरंत प्रतिक्रिया नहीं दी। लेकिन कुछ क्षण बाद उसके कंधे तन गए। जैसे किसी खतरे की आहट महसूस हुई हो।

"धूप अच्छी है।"

आरव ने कहा।

कोई जवाब नहीं।

"कल रात शायद तुम सोए नहीं।"

चुप्पी।

"मैं भी नहीं सो पाया था।"

फिर भी चुप्पी।

आरव ने हल्की मुस्कान के साथ सिर हिलाया।

"ठीक है। बात नहीं करनी तो मत करो।"

वह उठकर वापस चला आया। लेकिन जाते-जाते उसने देखा कि वह आदमी अभी भी उसकी पीठ को देख रहा था। सिर्फ एक क्षण के लिए। फिर उसने तुरंत नज़रें झुका लीं।

दिन आगे बढ़ता गया। दोपहर आई। गर्मी बढ़ गई। कैदी अपने-अपने कामों में लग गए। कहीं कपड़े धोए जा रहे थे। कहीं बर्तन। कहीं दो लोग शतरंज के पुराने मोहरों से खेल रहे थे। कहीं कोई अपनी सज़ा को कोस रहा था। लेकिन नया कैदी पूरे दिन लगभग एक छाया की तरह रहा। वह जहाँ बैठता, वहीं बैठा रहता। जहाँ खड़ा होता, वहीं खड़ा रहता। किसी से बातचीत नहीं। किसी से झगड़ा नहीं। किसी से परिचय नहीं।

आरव ने कई बार उसे देखा और हर बार उसे यही लगा कि वह आदमी यहाँ मौजूद होते हुए भी यहाँ मौजूद नहीं है। मानो उसका शरीर जेल में हो। लेकिन मन कहीं और अटका हो। बहुत दूर। बहुत पीछे।

शाम होते-होते कैदियों को फिर कोठरियों में वापस भेज दिया गया। लोहे के दरवाज़े बंद हुए। ताले लगे। चाबियाँ घुमाई गईं और धीरे-धीरे जेल पर फिर रात उतरने लगी। कोठरी नंबर सत्ताईस में भी वही पीली रोशनी लौट आई। आरव अपनी चारपाई पर बैठा था। नया कैदी फिर उसी पुराने कोने में जाकर बैठ गया। जैसे पूरा दिन बीता ही न हो। कुछ देर तक दोनों चुप रहे।

फिर आरव ने कहा—

"एक बात पूछूँ?"

कोई जवाब नहीं।

"उत्तर देना जरूरी नहीं है।"

चुप्पी।

"लेकिन पूछ तो सकता हूँ।"

अजनबी स्थिर बैठा रहा।

"तुम हमेशा से ऐसे थे?"

कोई उत्तर नहीं।

"या यहाँ आने के बाद हुए हो?"

कुछ क्षण बीत गए। आरव को लगा जैसे हमेशा की तरह कोई जवाब नहीं मिलेगा। तभी उसने देखा कि सामने बैठे आदमी की उँगलियाँ हल्की-सी हिलीं। बस एक क्षण के लिए। फिर सब शांत हो गया। आरव ने

बात आगे नहीं बढ़ाई। कुछ देर बाद उसने फिर कहा—

"जानते हो, कल रात मुझे लगा था कि तुम मुझसे नफरत करते हो।"

कोई उत्तर नहीं।

"लेकिन आज लगा कि शायद बात कुछ और है।"

कोठरी में सन्नाटा पसरा रहा। बाहर कहीं दूर किसी कुत्ते के भौंकने की आवाज़ आई। फिर शांति। फिर आरव ने बहुत धीरे से कहा

"तुम डरे हुए लगते हो।"

इस बार चुप्पी थोड़ी अलग थी। पहले जैसी नहीं। जैसे शब्द कहीं जाकर टकराए हों। जैसे उन्होंने किसी बंद दरवाज़े पर दस्तक दी हो। आरव प्रतीक्षा करता रहा। एक मिनट। दो मिनट। शायद उससे भी अधिक। फिर अचानक उसे लगा कि अंधेरे में बैठे आदमी ने बहुत हल्के से सिर झुका लिया है। इतना हल्का कि वह भ्रम भी हो सकता था। लेकिन आरव को लगा कि उसने सचमुच ऐसा किया। इसके बाद फिर कोई बात नहीं हुई। दोनों अपने-अपने स्थान पर बैठे रहे। लेकिन उस

रात पहली बार आरव को लगा कि उनके बीच का मौन अब पूरी तरह खाली नहीं रहा। उसमें कहीं एक बहुत छोटी-सी दरार पड़ गई है। इतनी छोटी कि कोई और देख न सके। लेकिन शायद वहीं से एक दिन बातचीत शुरू होगी।

रात काफी आगे बढ़ चुकी थी। जेल के भीतर वह समय था जब सन्नाटा भी थकने लगता है। दिन की बची-खुची आवाज़ें बहुत पहले मर चुकी थीं। पहरेदारों के कदमों की आहट अब कभी-कभार ही सुनाई देती थी। दूर किसी बैरक से किसी सोते हुए आदमी की खाँसी की आवाज़ आती, फिर सब कुछ वैसा ही शांत हो जाता।

कोठरी नंबर सत्ताईस में भी अंधेरा और सन्नाटा पसरा हुआ था। आरव अपनी चारपाई पर पीठ के बल लेटा था। आँखें खुली थीं। वह रोशनदान की तरफ देख रहा था। रात का आसमान उस छोटे-से चौकोर फ्रेम में समाया हुआ था। कुछ तारे दिखाई दे रहे थे। उन्हें देखकर उसे हमेशा अजीब-सा सुकून मिलता था। उसे लगता था कि तारे और कैदी एक-दूसरे को समझ सकते हैं। दोनों अपनी-अपनी जगहों पर कैद होते हैं।

एक आकाश में।

दूसरे पृथ्वी पर।

वह हल्का-सा मुस्कुराया। फिर करवट बदल ली। लेकिन नींद अब भी उससे बहुत दूर थी। तभी अचानक अंधेरे में एक धीमी आवाज़ उभरी। इतनी धीमी कि पहले तो उसे लगा कि उसने शायद गलत सुना है।

"तुम्हारा... नाम क्या है?"

आरव एकदम स्थिर हो गया। कुछ क्षणों तक उसने कोई प्रतिक्रिया नहीं दी। उसे विश्वास ही नहीं हुआ कि यह आवाज़ उसी आदमी की थी जिसने दो दिन से एक भी शब्द नहीं बोला था। वह धीरे से उठकर बैठ गया। अंधेरे में कोने की तरफ देखा। वहाँ केवल एक धुँधली आकृति दिखाई दे रही थी।

"आरव।"

उसने शांत स्वर में कहा। कुछ क्षण चुप्पी रही। फिर वही आवाज़ आई।

"आरव..."

जैसे वह नाम को याद रखने की कोशिश कर रहा हो। फिर उसने पूछा

"और तुम्हारा?"

काफी देर तक कोई उत्तर नहीं आया। इतनी देर कि आरव को लगा शायद बात वहीं समाप्त हो गई। फिर अंधेरे से एक शब्द निकला

"अमन।"

बस इतना। आरव ने मन ही मन वह नाम दोहराया।

अमन। नाम सुनकर उसे एक विचित्र विडंबना का एहसास हुआ। इतना शांत नाम और इतना डरा हुआ आदमी। कुछ देर फिर सन्नाटा रहा। लेकिन इस बार वह पहले जैसा नहीं था। अब उसमें दो लोगों की उपस्थिति थी। दो लोगों की जागती हुई चेतनाएँ। दो अलग-अलग कहानियाँ।

फिर अचानक अमन ने पूछा—

"तुमने... किसको मारा था?"

प्रश्न इतना सीधा था कि आरव कुछ क्षणों के लिए चुप रह गया। उसने सोचा नहीं था कि पहली बातचीत यहीं पहुँचेगी। लेकिन फिर उसने महसूस किया कि जेल में लोग अक्सर वहीं से शुरुआत करते हैं जहाँ सामान्य दुनिया की बातचीत समाप्त होती है।

"एक बूढ़े आदमी को।"

उसने धीरे से कहा।

अंधेरे में फिर कुछ क्षणों की खामोशी रही। फिर अमन ने पूछा

"क्यों?"

आरव ने सिर पीछे दीवार से टिका दिया। उसने बहुत दिनों बाद यह प्रश्न सुना था और शायद बहुत दिनों बाद वह इसका उत्तर देना भी चाहता था।

"मैं ज़हर की चपेट में आ गया था।"

अमन चुप रहा।

फिर उसने पूछा–

"ज़हर?"

"हाँ।"

"कैसा ज़हर?"

आरव के चेहरे पर एक फीकी मुस्कान आई।

"वह ज़हर जो मुँह से होकर पेट में उतरता है। फिर धीरे-धीरे खून में घुल जाता है। नसों में दौड़ता है और एक दिन आदमी को खुद उसके ही खिलाफ खड़ा कर देता है।"

कुछ क्षणों तक केवल उनकी साँसों की आवाज़ सुनाई देती रही। फिर आरव बोला

"नशा।"

अमन चुप रहा।

आरव ने आगे कहा "शुरुआत में लगता है कि तुम उसे इस्तेमाल कर रहे हो। फिर एक दिन पता चलता है कि असल में वह तुम्हें इस्तेमाल कर रहा था और तब तक बहुत देर हो चुकी होती है।"

अंधेरे में लेटे हुए अमन ने कोई प्रतिक्रिया नहीं दी। लेकिन इस बार उसकी चुप्पी पहले जैसी नहीं लगी। वह सुन रहा था। ध्यान से सुन रहा था। यह बात आरव महसूस कर सकता था।

उसने अवसर देखकर पूछा

"और तुम?"

कोई उत्तर नहीं।

"तुम यहाँ कैसे पहुँचे?"

चुप्पी।

"किस मामले में हो?"

चुप्पी।

आरव हल्का-सा हँसा।

"ठीक है। मैं समझ गया। पूछना अभी जल्दी हो गया।"

अमन ने कुछ नहीं कहा। फिर भी इस बार आरव को बुरा नहीं लगा। उसे लगा कि शायद यह आदमी जवाब नहीं देना चाहता या शायद अभी दे नहीं सकता।

कुछ कहानियाँ शब्दों में बदलने से पहले बहुत लंबे समय तक भीतर पकती रहती हैं। कुछ घाव इतने ताज़ा होते हैं कि उनका नाम लेना भी दर्द देता है।

आरव कुछ देर चुप रहा। फिर बोला "जानते हो मैं हमेशा ऐसा नहीं था।"

अमन ने कोई जवाब नहीं दिया। लेकिन वह सुन रहा था।

आरव को इसका विश्वास था।

"मैं एक बहुत साधारण परिवार से था। मिडिल क्लास। इतना मिडिल क्लास कि घर में हर चीज़ की कीमत पता थी।"

उसकी आवाज़ में अब एक अलग प्रकार की कोमलता आ गई थी। जैसे वह किसी दूर छूट चुकी दुनिया में लौट गया हो।

"पिताजी सरकारी कर्मचारी थे। माँ गृहिणी। घर बड़ा नहीं था। लेकिन सपने बड़े थे।"

उसने हल्की साँस छोड़ी।

"और उन सपनों का सबसे बड़ा पात्र मैं था।"

वह मुस्कुराया।

"स्कूल में हमेशा पहला आता था। हर साल। हर परीक्षा में। हर प्रतियोगिता में। शिक्षक मुझे उदाहरण बनाकर बाकी बच्चों को समझाते थे। रिश्तेदार मुझे देखकर अपने बच्चों को डाँटते थे। और घर में..."

वह कुछ क्षण रुका।

"घर में मुझे देखकर लोगों को अपना भविष्य दिखाई देता था।"

अमन अब भी चुप था। लेकिन अब उसकी मुद्रा पहले जैसी नहीं थी। वह पूरी तरह सिकुड़ा हुआ नहीं था। जैसे अनजाने में ही उसकी चेतना कहानी की तरफ खिंच गई हो। आरव बोलता गया।

"बचपन में मुझे अच्छा लगता था। सबकी तारीफ। सबका प्यार। सबकी उम्मीदें। लेकिन धीरे-धीरे समझ में आया कि उम्मीदें भी एक बोझ होती हैं और वह बोझ तब सबसे भारी हो जाता है जब तुम उसे गिराना नहीं चाहते।"

उसने रोशनदान की ओर देखा। बाहर कुछ तारे अब भी दिखाई दे रहे थे।

"फिर कॉलेज आया। शहर बदला। लोग बदले। प्रतियोगिता बदली। पहले मैं स्कूल का सबसे तेज़ लड़का था। कॉलेज में जाकर पता चला कि वहाँ सैकड़ों ऐसे लड़के थे।"

उसने हल्की हँसी हँसी।

"शुरू में सब ठीक था। मैं पढ़ता था। मेहनत करता था। क्लासें अटेंड करता था। भविष्य के सपने देखता था।"

फिर उसकी आवाज़ धीमी हो गई।

"लेकिन दूसरे वर्ष में मुझे मलेरिया हो गया। साधारण बीमारी। डॉक्टरों के हिसाब से कुछ हफ्तों की परेशानी। लेकिन मेरे लिए वह चार महीने की तबाही थी। क्लासें छूट गईं। सिलेबस पीछे छूट गया। प्रैक्टिकल छूट गए और जब मैं लौटा तो ऐसा लगा जैसे बाकी दुनिया चार महीने आगे निकल चुकी है।"

वह कुछ क्षण चुप हो गया।

फिर बोला "पहली बार मुझे लगा कि मैं हार सकता हूँ और यही बात मुझे सबसे ज़्यादा डराने लगी।"

उसकी आँखें अब अंधेरे में कहीं दूर देख रही थीं।

"परीक्षाओं में वैसा प्रदर्शन नहीं कर पाया। रैंक गिर गई। घर फोन जाता तो सब पूछते 'क्या हुआ?' 'ध्यान नहीं लग रहा क्या?' 'इतना तेज़ लड़का अचानक पीछे कैसे रह गया?'

उसने कड़वाहट से मुस्कुराया।

"कोई बुरा नहीं चाहता था। सब मुझे सफल देखना चाहते थे। लेकिन कभी-कभी अच्छे इरादे भी आदमी को तोड़ देते हैं।"

अमन अब भी चुप था। लेकिन पहली बार उसने बहुत धीरे से अपना चेहरा थोड़ा-सा घुमाया और अंधेरे में उसकी आँखें आरव की तरफ टिक गईं। आरव ने ध्यान नहीं दिया। वह अपनी कहानी में खो चुका था।

"फिर मैं अकेला होने लगा। लोगों के बीच रहकर भी अकेला। हँसते हुए भी अकेला और एक दिन मुझे लगा कि शायद मैं खुद को खो रहा हूँ।"

उसने लंबी साँस ली।

"तभी उसकी एंट्री हुई।"

कुछ क्षणों का विराम।

"एक सीनियर। मेरे ही शहर का। कॉलेज का सबसे लोकप्रिय लड़का। महँगी बाइक। दोस्तों की भीड़। हर समय हँसता हुआ। हर समय बेफिक्र। उसे देखकर लगता था कि जिंदगी ने उसके साथ कोई अन्याय किया ही नहीं।"

आरव की आँखों में पुरानी स्मृति तैर गई।

"वह मुझसे कहता था 'यार, दुनिया में हर बीमारी का इलाज है।बस सही दवा चाहिए।' और तब मुझे कहाँ पता था..."

उसने धीमे से कहा,

"...कि कुछ दवाएँ इलाज नहीं होतीं। वे धीरे-धीरे बीमारी बन जाती हैं।"

आरव कुछ देर तक चुप रहा।

मानो वह अपने सामने जेल की दीवार नहीं, वर्षों पुराना कोई दृश्य देख रहा हो। फिर उसने धीमे स्वर में कहना शुरू किया

"जानते हो, बचपन में मुझे कभी नहीं लगा था कि मैं भी असफल हो सकता हूँ। शायद यही मेरी सबसे बड़ी भूल थी।"

रोशनदान से आती हल्की चाँदनी उसके चेहरे पर पड़ रही थी। उसने सिर पीछे दीवार से टिका दिया।

"जब कोई बच्चा हर परीक्षा में पहला आता है न तो धीरे-धीरे लोग उसकी मेहनत देखना बंद कर देते हैं। उन्हें सिर्फ उसका परिणाम दिखाई देता है। फिर एक दिन परिणाम ही उसकी पहचान बन जाता है।"

कोठरी में सन्नाटा था। आरव की आवाज़ धीमी होती जा रही थी।

"मुझे याद है जब मैं दसवीं में जिला टॉपर बना था तो मोहल्ले के लोग घर पर मिठाई लेकर आए थे। पिताजी के चेहरे पर जो गर्व था"

वह हल्का-सा मुस्कुराया।

"मैंने शायद फिर कभी वैसा गर्व नहीं देखा। माँ हर आने-जाने वाले को मेरा मार्कशीट दिखाती थीं। रिश्तेदार कहते थे 'यह लड़का बहुत आगे जाएगा। एक दिन बड़ा अफसर बनेगा। घर का नाम रोशन करेगा।'

उसने गहरी साँस ली।

"सुनने में अच्छा लगता था। बहुत अच्छा। लेकिन धीरे-धीरे मुझे महसूस होने लगा कि लोग मुझसे प्यार नहीं करते वे उस लड़के से प्यार करते हैं जो हमेशा पहला आता है।"

कुछ देर तक वह चुप रहा। फिर बोला "और मुझे डर लगने लगा कि अगर मैं पहला नहीं रहा तो क्या होगा?"

अमन अंधेरे में स्थिर पड़ा था। लेकिन अब वह पूरी तरह जाग रहा था।

"मलेरिया ने मुझे सिर्फ चार महीने बिस्तर पर नहीं रखा था"

आरव ने कहा।

"उसने पहली बार मुझे मेरी सीमाएँ दिखा दी थीं। मैं पढ़ना चाहता था। सच में चाहता था। लेकिन शरीर साथ नहीं दे रहा था। बुखार उतर जाता था, कमजोरी नहीं उतरती थी। किताब खोलता था तो अक्षर तैरने लगते थे। दस मिनट पढ़ता था तो लगता था जैसे दस किलोमीटर दौड़ आया हूँ।"

उसकी आँखों में कोई पुरानी थकान लौट आई।

"और उधर कॉलेज भागा जा रहा था। क्लास आगे बढ़ रही थीं। लोग आगे बढ़ रहे थे। मैं पीछे छूट रहा था। हर दिन। हर घंटे। हर मिनट।"

वह हल्का-सा हँसा। लेकिन उस हँसी में दर्द था।

"तुमने कभी ऐसा सपना देखा है जिसमें तुम दौड़ रहे हो लेकिन मंज़िल तक पहुँच नहीं पा रहे? बस भागे जा रहे हो और बाकी सब तुमसे आगे निकलते जा रहे हैं?"

उसने उत्तर की प्रतीक्षा नहीं की।

"मेरी पूरी जिंदगी वही सपना बन गई थी।"

कुछ क्षण बाद वह फिर बोला "पहले मेरे अंक कम हुए। फिर आत्मविश्वास कम हुआ। फिर लोगों से मिलना कम हुआ। फिर हँसना कम हुआ। फिर बोलना कम हुआ और एक दिन ऐसा आया जब मुझे अपने ही कमरे से बाहर निकलने का मन नहीं करता था।"

अमन की ओर से अब भी कोई आवाज़ नहीं आई लेकिन इस बार उसकी चुप्पी में ध्यान था।

"घर फोन करता था तो झूठ बोलता था। 'सब अच्छा चल रहा है। तैयारी बढ़िया है। चिंता मत करिए।' और फोन कटते ही घंटों छत देखता रहता था। कभी-कभी पूरी रात। बिना सोए। बिना पढ़े। बिना कुछ किए।"

आरव की आवाज़ अब और धीमी हो गई।

"सबसे बुरी बात जानते हो क्या थी? मैं किसी से मदद भी नहीं माँग सकता था क्योंकि सबको लगता था कि मैं मजबूत हूँ। जो लड़का हमेशा सफल रहा हो, लोग मान लेते हैं कि वह टूट नहीं सकता। लेकिन सच यह है कि जो लोग हमेशा जीतते हैं वे हार के लिए सबसे कम तैयार होते हैं।"

कुछ क्षणों तक केवल उनकी साँसों की आवाज़ सुनाई देती रही। फिर आरव ने कहा "उसी समय मेरी मुलाकात उससे हुई। उस सीनियर से। शायद अगर वह मुझसे छह महीने पहले मिलता तो मैं उसकी तरफ देखता भी नहीं। लेकिन जब इंसान डूब रहा होता है तो उसे तिनका भी नाव दिखाई देता है।"

आरव की आँखें अंधेरे में कहीं खो गईं।

"और वह आदमी मुझे ठीक उसी समय मिला था जब मुझे किसी सहारे की सबसे ज़्यादा ज़रूरत थी।"

अमन अब भी चुप था। लेकिन अब उसकी चुप्पी बदल चुकी थी। वह पहले की तरह दीवार नहीं बन रही थी। अब वह सुन रही थी। आरव ने यह महसूस कर लिया था। उसने करवट बदली और छत की ओर देखने लगा। मानो वह जेल की उस सीलन भरी छत में वर्षों पुरानी कोई तस्वीर खोज रहा हो। फिर उसने कहना शुरू किया "उसका नाम विक्रांत था। मुझसे तीन साल सीनियर और मेरे ही शहर का। कम-से-कम उसने यही बताया था। बाद में मुझे समझ आया कि वह लोगों के बारे में बहुत कुछ जानता था, लेकिन अपने बारे में बहुत कम बताता था।"

आरव हल्का मुस्कुराया।

"पहली बार मैंने उसे कॉलेज की कैंटीन में देखा था। मैं एक कोने में बैठा था। मेरे सामने किताब खुली थी। लेकिन मैं पढ़ नहीं रहा था। सिर्फ पन्ने पलट रहा था। तभी उसने आकर पूछा 'तुम आरव हो ना?' मैं चौंक गया। मुझे लगा शायद किसी शिक्षक ने भेजा होगा। मैंने कहा 'हाँ।' वह बिना पूछे सामने बैठ गया। फिर बोला 'तुम्हारे पिताजी का नाम फलाँ है?' 'तुम फलाँ मोहल्ले से हो?' 'तुम्हारे स्कूल का नाम ये था?' मैं हैरान था। वह हँसने लगा। 'अरे भाई, मैं भी उसी शहर का हूँ। तुम्हारे बारे में बहुत सुना है। बड़ा टॉपर था

ना?' बहुत दिनों बाद किसी ने मेरी तारीफ की थी और उस समय मुझे उसकी ज़रूरत थी। इसलिए मैं उससे बात करने लगा। शुरुआत बहुत साधारण थी। कैंटीन की चाय। कॉलेज के मज़ाक। शहर की बातें। स्कूल की यादें। फिल्में। क्रिकेट। राजनीति। कुछ भी। लेकिन एक बात थी। वह मुझे हमेशा ढूँढ़ लेता था। जब मैं लाइब्रेरी में अकेला बैठा होता। जब हॉस्टल की छत पर अकेला होता। जब कैंपस के किसी कोने में चुप बैठा होता। वह आ जाता।"

आरव कुछ क्षण रुका। फिर बोला "आज सोचता हूँ तो लगता है कि वह मुझे पढ़ रहा था। वैसे नहीं जैसे शिक्षक छात्र को पढ़ते हैं। वैसे जैसे शिकारी अपने शिकार की चाल समझता है। पहले महीने उसने कभी नशे की बात नहीं की। कभी नहीं। बल्कि उल्टा। वह मेरी बातें सुनता था। घंटों सुनता था। मेरी पढ़ाई। मेरा डर। मेरा पीछे छूट जाना। मेरी चिंता। मेरे माता-पिता। सब कुछ। एक दिन उसने मुझसे पूछा 'तुम सो पाते हो?' मैंने कहा 'नहीं।' 'घबराहट होती है?' 'हाँ।' 'दिल तेज़ धड़कता है?' 'हाँ।' 'लगता है सब खत्म हो जाएगा?' मैंने सिर हिला दिया। वह कुछ देर चुप रहा। फिर बोला 'कोई बात नहीं। इसका इलाज है।'

आरव धीरे से हँसा।

"यही उसका सबसे खतरनाक वाक्य था। 'इसका इलाज है।' क्योंकि जब आदमी दर्द में होता है, तब

इलाज सुनकर सवाल नहीं करता। अगले दिन उसने मुझे एक गोली दी।

'विटामिन है।'

'तनाव कम करेगा।' मैंने खा ली। उस रात कई महीनों बाद मुझे अच्छी नींद आई। कम-से-कम मुझे ऐसा लगा। फिर दूसरी गोली आई। फिर तीसरी। कुछ दिनों तक सब अच्छा लगा। बहुत अच्छा। घबराहट कम हो गई। डर कम हो गया। दिमाग हल्का लगने लगा। मुझे लगा मैं ठीक हो रहा हूँ। लेकिन सच यह था कि मैं ठीक नहीं हो रहा था। मैं केवल अपने दर्द को महसूस करना बंद कर रहा था। धीरे-धीरे गोलियाँ बदलने लगीं। नाम बदल गए। मात्रा बदल गई और एक दिन उसने कहा 'गोली छोड़ो। ये ट्राय करो।' वह पहली बार था जब उसने मुझे नशा दिया।"

आरव कुछ देर के लिए चुप हो गया। कोठरी में केवल उनकी साँसों की आवाज़ रह गई।

"सच कहूँ मुझे उस दिन कोई बड़ा बदलाव महसूस नहीं हुआ। फिल्मों में दिखाते हैं कि आदमी अचानक बदल जाता है। ऐसा कुछ नहीं हुआ। बस इतना हुआ कि मुझे अच्छा लगा। बहुत अच्छा। इतना अच्छा कि मैंने महीनों से वैसा महसूस नहीं किया था। पहली बार लगा कि मेरे सिर पर रखा हुआ कोई भारी पत्थर हट

गया है और यहीं मैं हार गया क्योंकि इंसान दुख से उतना नहीं हारता जितना उस चीज़ से हारता है जो उसे दुख से अस्थायी राहत देती है। अब विक्रांत केवल दोस्त नहीं रह गया था। वह ज़रूरत बन चुका था और उसके साथ मिलने वाला नशा उससे भी बड़ी ज़रूरत। पहले सप्ताह में एक बार। फिर दो बार। फिर लगभग रोज़। मुझे पता भी नहीं चला कि कब मैं उसके बिना रहने में असहज होने लगा। जब नशा नहीं मिलता—

तो बेचैनी होती। पसीना आता। गुस्सा आता। नींद नहीं आती और जब मिल जाता तो लगता दुनिया फिर से ठीक हो गई है। लेकिन दुनिया ठीक नहीं हुई थी। मैं सिर्फ कुछ घंटों के लिए उसे भूल रहा था। इस बीच पढ़ाई पूरी तरह हाथ से निकल चुकी थी। क्लासें छूटने लगीं। असाइनमेंट जमा नहीं हुए। प्रैक्टिकल अधूरे रह गए। पहले मैं किताबें खरीदता था। अब पैसे किसी और चीज़ पर खर्च होने लगे थे। सेमेस्टर आया। पेपर हुए और मैं बुरी तरह फेल हो गया। इतना बुरी तरह कि खुद मुझे विश्वास नहीं हुआ। जिस लड़के को कभी पास होने की चिंता नहीं हुई थी वह अब कई विषयों में फेल था। कॉलेज प्रशासन ने नोटिस दिया। फिर दूसरा नोटिस। फिर अंतिम चेतावनी। लेकिन तब तक मेरे जीवन में पढ़ाई की जगह नशे ने ले ली थी। और एक दिन मुझे कॉलेज से निष्कासित कर दिया गया।"

आरव कुछ क्षणों तक चुप रहा। उसकी आवाज़ अब पहले से भारी हो चुकी थी।

"उस दिन मेरे पास दो रास्ते थे। घर जाकर सच बता देता या झूठ बोलता।"

उसने हल्की कड़वी हँसी हँसी।

"मैंने दूसरा रास्ता चुना। मैंने घर फोन किया। माँ ने पूछा 'पढ़ाई कैसी चल रही है?' मैंने कहा 'बहुत अच्छी।' पिताजी ने पूछा 'अगले सेमेस्टर की तैयारी?' मैंने कहा 'जोरों पर है।' माँ खुश हो गईं। पिताजी संतुष्ट हो गए और उसी रात मैं हॉस्टल के कमरे में बैठकर नशा कर रहा था। उस दिन पहली बार मुझे एहसास हुआ कि मैं केवल नशे का आदी नहीं बना हूँ। मैं झूठ का भी आदी बन चुका हूँ और इन दोनों की भूख हर दिन बढ़ रही थी।"

आरव कुछ देर तक चुप रहा। ऐसा लगा मानो वह बोलते-बोलते फिर उन दिनों में लौट गया हो। फिर उसने धीरे से कहा "जानते हो अमन! आज जब मैं पीछे मुड़कर देखता हूँ ना तो मुझे विक्रांत से उतनी नफरत नहीं होती जितनी खुद से होती है।"

कोठरी में कुछ क्षणों तक केवल सन्नाटा रहा।

"क्योंकि उसने मुझे नशा दिया था लेकिन उसे स्वीकार मैंने किया था।"

उसने अपनी आँखें बंद कर लीं।

"कभी-कभी सोचता हूँ कि अगर उस दिन मैं कैंटीन की उस कुर्सी से उठकर चला गया होता अगर उस दिन मैंने वह पहली गोली खाने से मना कर दिया होता अगर उस दिन किसी से खुलकर कह दिया होता कि मैं टूट रहा हूँ तो शायद आज यहाँ नहीं होता।"

उसने एक लंबी साँस ली।

"लेकिन जिंदगी 'अगर' से नहीं चलती। वह केवल परिणाम देती है।"

कुछ देर तक वह छत को देखता रहा।

फिर बोला "तुम्हें पता है सबसे खतरनाक चीज़ क्या थी? नशा नहीं। नशे की आदत भी नहीं। सबसे खतरनाक था वह झूठा विश्वास जो वह देता था। जब

मैं नशा करता था तो कुछ घंटों के लिए मुझे लगता था कि सब ठीक हो जाएगा। मैं फिर से पढ़ाई शुरू कर दूँगा। मैं फिर से टॉपर बन जाऊँगा। मैं माँ-पिताजी को गर्व महसूस कराऊँगा। मैं अपनी जिंदगी वापस पा लूँगा। लेकिन वे सब बातें अगले दिन पर टल जाती थीं और अगला दिन फिर अगले दिन पर और अगला"

उसने कड़वी मुस्कान के साथ कहा—

"नशा आदमी से उसकी जिंदगी एक झटके में नहीं छीनता। वह रोज़ थोड़ा-थोड़ा चुराता है। इतना थोड़ा कि तुम्हें महसूस भी नहीं होता। पहले उसने मेरी पढ़ाई चुराई। फिर मेरी नींद। फिर मेरा आत्मविश्वास। फिर मेरे दोस्त। फिर मेरा भविष्य और जब तक मुझे समझ आया कि मैं लुट चुका हूँ तब तक मेरे पास बचा ही क्या था?"

अमन अब भी चुप था। लेकिन आरव को पहली बार लगा कि उसकी साँसें पहले से अलग चल रही हैं। जैसे वह ध्यान से सुन रहा हो।

"कॉलेज से निकाले जाने वाला दिन..."

आरव की आवाज़ धीमी हो गई।

"...मैं शायद कभी नहीं भूल पाऊँगा। मुझे आज भी वह कमरा याद है। डिपार्टमेंट का छोटा-सा ऑफिस। सामने फाइलें रखी थीं। एक शिक्षक थे जो कभी मुझ पर गर्व किया करते थे।

वह हल्का-सा हँसा। लेकिन हँसी में दर्द था।

"उन्होंने मेरी तरफ देखा भी नहीं। बस कागज़ आगे बढ़ा दिया। 'तुम्हें कॉलेज छोड़ना होगा।' बस इतना ही। न डाँट। न गुस्सा। न कोई सलाह और पता है अमन कभी-कभी डाँट न मिलना भी बहुत बड़ा दंड होता है। उस दिन मुझे पहली बार लगा कि लोगों ने मुझसे उम्मीद करना छोड़ दिया है।"

उसने आँखें बंद कर लीं।

"मैं बाहर निकला। पूरा कैंपस वैसा ही था जैसा हमेशा था। लड़के हँस रहे थे। कैंटीन में भीड़ थी। क्लासें चल रही थीं। पेड़ों पर पक्षी बैठे थे। लेकिन मेरे लिए दुनिया अचानक बदल चुकी थी। मैं घंटों कैंपस में घूमता रहा। उस दिन कहीं जाने की हिम्मत नहीं हुई क्योंकि अब मेरे पास जाने के लिए कोई जगह नहीं थी।"

कुछ क्षणों तक वह बिल्कुल चुप हो गया।

फिर बोला "शाम को माँ का फोन आया।"

उसकी आवाज़ काँप गई।

"माँ ने पूछा 'खाना खाया बेटा?' मैंने कहा 'हाँ।' 'पढ़ाई कैसी चल रही है?' 'अच्छी।' 'थकना मत।' 'नहीं थकूँगा।'

आरव हँसा। लेकिन इस बार वह हँसी लगभग टूट चुकी थी।

"और उसी समय मेरे बैग में कॉलेज से निकाले जाने का पत्र रखा हुआ था। माँ मुझ पर विश्वास कर रही थीं और मैं उनसे झूठ बोल रहा था। शायद उसी दिन मेरे भीतर कुछ मर गया था। उस दिन मुझे पहली बार समझ आया कि इंसान जब दूसरों से झूठ बोलता है तो उतना नहीं टूटता जितना तब टूटता है जब उसे पता होता है कि सामने वाला उस पर पूरा भरोसा करता है। मैं रात भर उस पत्र को देखता रहा। कई बार सोचा कि घर फोन करके सब सच बता दूँ। कई बार सोचा कि ट्रेन पकड़ूँ और घर चला जाऊँ। पिताजी डाँटेंगे। माँ रोएँगी। रिश्तेदार बातें करेंगे। लेकिन कम-से-कम मैं अकेला तो नहीं रहूँगा।"

वह कुछ क्षण चुप रहा। फिर बहुत धीरे से बोला "लेकिन मैं डर गया। मुझे असफल होने से कम डर लगता था। मुझे लोगों की आँखों में अपने लिए निराशा देखने से ज़्यादा डर लगता था और उसी डर ने मुझे वहीं रोक लिया। उसके बाद जो भी हुआ वह सब उसी एक झूठ की संतान था।"

कोठरी में फिर सन्नाटा छा गया। दूर कहीं पहरेदार के जूतों की आवाज़ सुनाई दी। फिर वह भी खो गई। आरव कुछ देर तक अंधेरे को देखता रहा। फिर धीमे से बोला "कॉलेज ने मुझे नहीं निकाला था, अमन सच कहूँ तो मैं खुद अपनी जिंदगी से निकाला जा चुका था।"

सुबह की गिनती समाप्त हो चुकी थी। लोहे के बड़े फाटक खुल चुके थे। कैदियों का झुंड धीरे-धीरे खुले प्रांगण की ओर बढ़ रहा था। रात की नमी अब धूप में घुलने लगी थी। जेल के बीचोंबीच खड़ा पुराना पीपल हवा के साथ झूम रहा था। उसकी छाया में कुछ कैदी ताश खेल रहे थे। कुछ लोग धूप सेंक रहे थे। कुछ बस बिना उद्देश्य इधर-उधर टहल रहे थे। आरव हमेशा की तरह अकेला बैठा था। पीपल के नीचे। घुटनों पर कोहनियाँ टिकाए। आकाश की ओर देखते हुए। उसे देखकर ऐसा नहीं लगता था कि वह मौत की सज़ा का कैदी है। बल्कि ऐसा लगता था जैसे कोई आदमी लंबी यात्रा से थककर कुछ देर विश्राम कर रहा हो। तभी उसके पास आकर कोई बैठा। आरव ने सिर घुमाया। अमन था। पहली बार अपनी इच्छा से उसके पास आया था। दोनों कुछ देर चुप बैठे रहे। हवा में पत्तों की सरसराहट थी। दूर किसी कैदी के हँसने की आवाज़ आई। फिर अमन ने बिना उसकी ओर देखे पूछा "उस बूढ़े को क्यों मारा था?"

स्वर धीमा था। लेकिन साफ़ था। आरव ने कुछ क्षण उसकी ओर देखा। फिर निगाहें वापस आसमान पर टिका दीं।

"क्योंकि तब तक मैं लगभग खत्म हो चुका था।"

अमन ने उसकी ओर देखा।

"मतलब?"

आरव हल्का मुस्कुराया।

"मतलब उसकी मौत उस रात हुई थी। लेकिन मेरा पतन उससे बहुत पहले शुरू हो चुका था।"

कुछ क्षण बाद उसने कहना शुरू किया।

"कॉलेज से निकाले जाने के बाद मेरे पास पैसे नहीं थे। हॉस्टल खाली करना पड़ा। कमरा छोड़ते समय मेरे पास एक बैग था, कुछ कपड़े थे और बहुत सारे झूठ थे।"

उसे आज भी वह शाम याद थी। हॉस्टल का कमरा। खाली दीवारें। लोहे का पलंग। मेज़ पर पड़े कुछ पुराने नोट्स। जिन्हें वह कभी पढ़ नहीं पाएगा। उसने आखिरी बार कमरे को देखा था। चार साल पहले जब वह वहाँ आया था तो उसे लगा था कि यहीं से उसकी जिंदगी बनेगी। लेकिन जब वह निकला तो उसकी जिंदगी पहले ही टूट चुकी थी। घर पर उसने झूठ बोला। कहा कि कॉलेज में प्रोजेक्ट चल रहा है।

हॉस्टल बदलना पड़ा है। कुछ महीने और लगेंगे। माँ ने विश्वास कर लिया। पिताजी ने भी।

"और यही सबसे आसान था।"

आरव ने कहा।

"वे मुझसे प्यार करते थे। इसलिए मेरे झूठ पर यकीन कर लेते थे।"

शहर में उसने एक छोटा कमरा किराए पर लिया। दीवारों से सीलन टपकती थी। गर्मी में भट्ठी बन जाता था। सर्दी में पत्थर। शुरू-शुरू में उसने खुद को संभालने की कोशिश की। सचमुच की। उसने बच्चों को ट्यूशन पढ़ाना शुरू किया। गणित, विज्ञान, भौतिकी। वह पढ़ाते समय फिर से वही पुराना आरव बन जाता था। जो कभी टॉपर हुआ करता था। जो प्रश्न हल करके खुश हो जाता था। जो बच्चों को समझाकर संतोष महसूस करता था। लेकिन शाम ढलते ही सब बदल जाता। नशा इंतजार करता रहता। पहले सौ रुपये।

फिर दो सौ। फिर पाँच सौ। फिर उससे भी ज़्यादा। ट्यूशन की कमाई पूरी नहीं पड़ती। तब उसने दूसरी नौकरी पकड़ ली। एक छोटी-सी निजी कंपनी में।

कंप्यूटर ऑपरेटर। सुबह से शाम तक डेटा भरना। स्प्रेडशीट बनाना। रिकॉर्ड अपडेट करना। महीने के अंत में कुछ हजार रुपये मिलते। लेकिन समस्या यह थी कि उसकी ज़रूरतें सामान्य आदमी जैसी नहीं रह गई थीं। अब उसके भीतर एक भूखा जानवर रहता था। जो हर दिन पैसा माँगता था और अगर उसे न मिले

तो वह शरीर को तोड़ देता था। हाथ काँपते। पसीना आता। सिर दर्द करता। नींद गायब हो जाती। धीरे-धीरे नौकरी की कमाई भी कम पड़ने लगी। फिर एक दिन उसने पहली चोरी की। दुकान नहीं। बैंक नहीं। बस एक साइकिल। उसे बेचकर जो पैसे मिले, उससे नशा खरीदा और उस रात उसे शर्म आई। बहुत शर्म। लेकिन अगले दिन फिर वही तड़प शुरू हो गई। फिर दूसरी चोरी। फिर तीसरी। फिर अपराध आसान होने लगा।

नहीं...आसान नहीं, आदतन , और आदमी जिस चीज़ का आदी हो जाए, उससे डरना बंद कर देता है।

आरव कुछ क्षण चुप हो गया। उसकी आँखें अब पीपल के पेड़ पर नहीं थीं। वे कहीं बहुत दूर देख रही थीं।

"फिर वह रात आई।" उसने धीरे से कहा। "जिसने सब खत्म कर दिया।"

उसे किसी ने बताया था कि शहर के पुराने मोहल्ले में एक बूढ़ा आदमी अकेला रहता है। कोई परिवार नहीं। कोई बेटा नहीं। कोई आने-जाने वाला नहीं। पीपल के पत्तों से छनकर आती धूप अब उसके चेहरे पर पड़ रही थी। लेकिन उसकी आँखें कहीं और थीं। बहुत दूर। उस रात में। जिससे वह आज तक बाहर नहीं निकल पाया था।

"जानते हो अमन..."

उसने धीरे से कहा,

"उस रात मैं चोर बनकर गया था हत्यारा बनकर नहीं।"

उसकी आवाज़ में पहली बार हल्का कंपन आया।

"दो दिन से नशा नहीं मिला था। शरीर जवाब दे रहा था। हाथ काँप रहे थे। सिर फट रहा था। ऐसा लग रहा था जैसे शरीर की हर नस किसी अदृश्य रस्सी से कसकर बाँध दी गई हो। मैंने उस दिन कई लोगों से

पैसे माँगे थे। कुछ ने फोन उठाना बंद कर दिया था। कुछ मुझे पहचान चुके थे। कुछ ने साफ मना कर दिया और शायद वे सही थे।"

वह हल्का-सा हँसा। लेकिन वह हँसी खुद पर थी।

"मैं आईने में खुद को देखता था तो मुझे भी अपने ऊपर भरोसा नहीं होता था।"

कुछ क्षणों तक वह चुप रहा।

"शाम ढल रही थी। आसमान में बादल थे। हल्की बूंदाबांदी हो रही थी और मैं शहर की गलियों में बिना दिशा के घूम रहा था। मुझे पैसों की जरूरत थी। लेकिन उससे भी ज्यादा मुझे उस चीज़ की जरूरत थी जो पैसे खरीद सकते थे। उस समय इंसान नहीं सोचता। सिर्फ तड़पता है और तड़पता हुआ आदमी बहुत खतरनाक होता है।"

उसने गहरी साँस ली।

"रात लगभग ग्यारह बजे की होगी। मैं उस पुराने मोहल्ले में पहुँचा। सड़कें लगभग खाली थीं। बरसात के कारण लोग घरों में थे। पीली स्ट्रीट लाइटें पानी में

काँप रही थीं। मुझे आज भी याद है, उस समय भी मेरे भीतर एक आवाज़ कह रही थी कि वापस लौट जाओ। अभी भी देर नहीं हुई है। लेकिन दूसरी आवाज़ उससे ज़्यादा तेज़ थी और वही जीत गई।"

वह कुछ क्षणों तक मिट्टी को घूरता रहा।

"मैंने दीवार फाँदी। आँगन में उतरा। घर बहुत पुराना था। ऐसा लग रहा था जैसे वहाँ समय भी धीरे चलता हो। एक बल्ब जल रहा था। पीली रोशनी। बस उतनी कि चीज़ें दिख जाएँ। मैं दबे पाँव भीतर गया और अलमारी ढूँढ़ने लगा। मेरा दिल इतनी तेज़ धड़क रहा था कि मुझे लगता था उसकी आवाज़ पूरे घर में सुनाई दे रही होगी।"

अमन ध्यान से सुन रहा था।

"फिर अचानक पीछे से आवाज़ आई। 'कौन है?' सिर्फ एक शब्द। लेकिन उस एक शब्द ने मेरे भीतर जैसे विस्फोट कर दिया। मैं पलटा। वह बूढ़ा आदमी दरवाजे के पास खड़ा था। सफेद बाल। दुबला शरीर। काँपते हुए हाथ। वह डरा हुआ था और मैं भी। फर्क बस इतना था कि उसके पास डर था और मेरे पास डर के साथ नशे की भूख भी।"

उसने आँखें बंद कर लीं।

"मैं भागना चाहता था। सच में। लेकिन उसने मेरा हाथ पकड़ लिया। शायद उसे लगा होगा कि वह चोर को रोक सकता है या शायद वह सिर्फ मदद के लिए चिल्लाना चाहता था। मुझे नहीं पता। फिर हम दोनों लड़खड़ा गए। मैंने हाथ छुड़ाने की कोशिश की। उसने और कसकर पकड़ लिया। फिर मैंने जोर से धक्का दिया। बस एक धक्का।"

आरव की आवाज़ अचानक बहुत धीमी हो गई।

"सिर्फ एक धक्का और पूरी ज़िंदगी बदल गई।"

उसने मिट्टी पर नजरें गड़ा दीं।

"उसका सिर पीछे की दीवार से टकराया। मैं आज भी वह आवाज़ सुन सकता हूँ। इतने साल बाद भी। कभी-कभी रात में नींद खुलती है तो लगता है जैसे वह आवाज़ फिर कानों में गूँज गई हो।"

कुछ क्षणों तक वह कुछ नहीं बोला।

"वह नीचे गिर गया। पहले मुझे लगा बेहोश हुआ है। मैं उसके पास बैठ गया। मैं उसे हिलाता रहा। उठो, सुन रहे हो? उठो...लेकिन वह नहीं उठा। उसकी आँखें खुली हुई थीं और पहली बार मुझे मौत दिखाई दी।"

हवा अचानक कुछ भारी-सी लगने लगी।

"तुमने कभी किसी मृत आदमी की आँखें देखी हैं अमन? उनमें सबसे डरावनी बात यह नहीं होती कि उनमें जीवन नहीं होता। सबसे डरावनी बात यह होती है कि उनमें अब कोई प्रश्न नहीं बचता। कोई शिकायत नहीं। कोई उम्मीद नहीं। कुछ भी नहीं।"

आरव की आवाज़ टूटने लगी।

"मैं उसके पास बैठा रहा। घंटों। बारिश रुक गई। रात बीत गई। लेकिन मैं वहीं बैठा रहा। भागने की कोशिश तक नहीं की क्योंकि उसी रात पहली बार नशा उतर गया था। पूरी तरह और जब नशा उतरा तो मैंने देखा कि मैं क्या बन चुका हूँ।"

उसने आसमान की ओर देखा।

"उस बूढ़े आदमी की मौत से पहले तक मैं खुद को समझा सकता था। 'मैं बीमार हूँ।' 'मैं मजबूर हूँ।' 'मैं संभल जाऊँगा।' लेकिन उस रात मेरे पास कोई बहाना नहीं बचा था। फर्श पर एक लाश थी और उसके बगल में बैठा मैं था। बस यही सच था और उसी पल मुझे लगा कि शायद मेरी जिंदगी की कहानी यहीं खत्म हो चुकी है। सुबह पड़ोसियों ने दरवाज़ा खुला देखा। भीड़ जमा हुई। पुलिस आई और उन्होंने मुझे वहीं पाया। मैं भागा नहीं। मैंने झूठ नहीं बोला। मैंने सफाई नहीं दी। मैंने बचने की कोशिश तक नहीं की। क्योंकि तब तक मैं अपनी जिंदगी हार चुका था। अदालत ने फैसला सुनाया। गवाह थे। सबूत थे और सबसे बड़ा सबूत मैं खुद था। जब जज ने फाँसी की सज़ा सुनाई तो मुझे डर नहीं लगा। मुझे सिर्फ एक अजीब-सी थकान महसूस हुई। जैसे कोई बहुत लंबी दौड़ खत्म हुई हो और अब मैं यहाँ हूँ।"

आरव चुप हो गया। हवा में पीपल की पत्तियाँ हिल रही थीं। दूर हिम्मत सिंह किसी कैदी पर चिल्ला रहा था। लेकिन उस क्षण दोनों को जैसे कुछ सुनाई नहीं दे रहा था। अमन बहुत देर तक कुछ नहीं बोला। फिर पहली बार उसने आरव की ओर सीधे देखा और उसकी आँखों में भय के साथ-साथ कुछ और भी था। शायद करुणा शायद समझ या शायद इसलिए कि पहली बार उसे लगा था कि उसके सामने बैठा आदमी केवल हत्यारा नहीं है। एक बिखरी हुई कहानी भी है। संध्या की अंतिम आभा कब जेल की ऊँची दीवारों के पीछे डूब गई, इसका ठीक-ठीक पता किसी को नहीं चला। जेल

में दिन का अंत हमेशा अचानक नहीं होता था। वह धीरे-धीरे होता था। जैसे कोई विशाल परछाईं आकर हर चीज़ को अपने भीतर समेट लेती हो। पहले प्रांगण खाली हुआ। फिर कैदियों की आवाज़ें कम हुईं। फिर लोहे के फाटक बंद हुए। फिर चाबियों की खनखनाहट गलियारों में गूँजी और अंततः वही परिचित सन्नाटा जेल पर उतर आया जो हर रात उतरता था।

आरव और अमन वापस अपनी कोठरी में आ चुके थे। दिन भर की बातचीत के बाद पहली बार दोनों के बीच इतनी लंबी चुप्पी थी। लेकिन यह असहज चुप्पी नहीं थी। यह वैसी चुप्पी थी जो किसी लंबी कहानी के समाप्त होने के बाद आती है। जब शब्दों के लिए नहीं, विचारों के लिए जगह छोड़ दी जाती है।

कोठरी में एक पीला बल्ब जल रहा था। उसकी रोशनी इतनी कमजोर थी कि वह अंधेरे को मिटा नहीं पा रही थी। बस उसे थोड़ा पीछे धकेल रही थी। दीवारों पर नमी के धब्बे थे। लोहे की सलाखों की लंबी परछाइयाँ फर्श पर पड़ी थीं और ऊपर छत पर एक छोटी छिपकली बिल्कुल स्थिर बैठी थी। मानो वह भी रात के बीतने का इंतजार कर रही हो। आरव अपने बिस्तर पर लेटा हुआ था। दोनों हाथ सिर के पीछे टिकाए। उसकी आँखें छत पर थीं। उसी छत पर जिसे वह पिछले कई दिनों से देखता आ रहा था। लेकिन आज वह छत पहले जैसी नहीं लग रही थी। शायद इसलिए कि आज उसके भीतर वर्षों से दबा हुआ एक बोझ थोड़ा

हल्का हुआ था। उसने पहली बार किसी को पूरी कहानी सुनाई थी। अपने बचपन की। अपनी असफलताओं की। अपने झूठों की। अपने अपराध की। वह बूढ़ा आदमी फिर से उसकी स्मृतियों में आया। उसका गिरना। उसका स्थिर चेहरा। उसकी खुली हुई आँखें। लेकिन आज उन स्मृतियों का भार कुछ अलग था। मानो वे अब केवल उसकी नहीं रह गई हों। मानो अब कोई दूसरा भी उन्हें जानता हो। और कभी-कभी दुख बाँटने से कम नहीं होता लेकिन उसे अकेले ढोना भी नहीं पड़ता।

आरव की आँखें छत पर टिकी रहीं। वह कुछ सोच रहा था या शायद कुछ भी नहीं सोच रहा था। मनुष्य के भीतर एक ऐसी अवस्था भी आती है जब विचार थक जाते हैं और केवल स्मृतियाँ बचती हैं। उधर अमन अपनी चारपाई पर नहीं लेटा था। वह दीवार से पीठ टिकाए बैठा था। उसका चेहरा रोशनदान की ओर था। रोशनदान इतना छोटा था कि उससे बाहर की दुनिया का बहुत थोड़ा हिस्सा ही दिखाई देता था। दिन में आसमान का एक टुकड़ा। कभी किसी पक्षी की परछाईं। कभी किसी पेड़ की डाली का सिरा। लेकिन इस समय वहाँ कुछ भी नहीं था। सिर्फ अंधेरा। गहरा। स्थिर। अनंत अंधेरा। फिर भी अमन उसी ओर देख रहा था। इतनी देर से कि लगता था जैसे वह कुछ देख रहा हो। लेकिन वहाँ देखने लायक कुछ था ही नहीं। न तारे दिखाई दे रहे थे। न चाँद। न कोई रोशनी। फिर भी उसकी आँखें उसी दिशा में जमी हुई थीं। आरव ने एक बार उसकी ओर देखा। फिर वापस छत देखने

लगा। उसने कुछ पूछा नहीं। पिछले कुछ दिनों में वह इतना समझ चुका था कि अमन के भीतर ऐसे प्रदेश हैं जहाँ बिना बुलाए प्रवेश नहीं किया जा सकता। कोठरी में फिर सन्नाटा भर गया। दूर कहीं किसी कैदी की खाँसी सुनाई दी। फिर किसी लोहे के दरवाज़े के बंद होने की आवाज़। फिर किसी पहरेदार के जूतों की धीमी पदचाप और उसके बाद कुछ नहीं।

रात अब और गहरी हो चुकी थी। बल्ब के चारों ओर मंडराते कीड़ों की संख्या कम होने लगी थी। हवा में हल्की ठंडक घुल रही थी। आरव अब भी छत देख रहा था। अमन अब भी रोशनदान। दोनों जाग रहे थे। दोनों चुप थे। लेकिन दोनों की चुप्पियों में फर्क था। आरव की चुप्पी अतीत में भटक रही थी और अमन की वह कहीं भविष्य में देख रही थी। ऐसा लग रहा था जैसे वह रात को नहीं देख रहा। बल्कि उस सुबह की प्रतीक्षा कर रहा हो जो अभी आई नहीं थी। जैसे अंधेरे के उस छोटे-से चौकोर टुकड़े के पीछे कोई उत्तर छिपा हो। कोई स्मृति, कोई चेहरा, कोई अधूरी बात या शायद कोई ऐसा दिन जिसे वह चाहकर भी भूल नहीं पाया था। घंटे बीतते गए। आरव की आँखें धीरे-धीरे भारी होने लगीं। लेकिन नींद अभी भी दूर थी। उसने एक बार फिर अमन की ओर देखा। वह अब भी उसी मुद्रा में बैठा था। उसी तरह। उसी दिशा में। जैसे पूरी रात वहीं बैठा रह सकता हो और उसी क्षण पहली बार आरव के मन में एक विचित्र विचार आया। शायद यह आदमी बाहर के अंधेरे को नहीं देख रहा। शायद वह किसी और चीज़ को देख रहा है। किसी ऐसी चीज़ को

जो केवल उसे दिखाई देती है और शायद उसकी कहानी आरव की कहानी से कहीं अधिक भारी है। कोठरी के बाहर रात अपनी पूर्णता तक पहुँच चुकी थी। लेकिन उस छोटे-से रोशनदान के पार कहीं बहुत दूर सुबह भी धीरे-धीरे अपनी तैयारी कर रही थी। रात आखिरकार बीत गई। जिस तरह हर रात बीत जाती है। चाहे कोई उसका इंतजार करे या नहीं। सबसे पहले रोशनदान में काले अंधेरे का रंग बदला। फिर उसमें धूसरपन घुला। फिर कहीं दूर किसी पक्षी की आवाज़ सुनाई दी और धीरे-धीरे सुबह की पहली फीकी रोशनी उस छोटे-से चौकोर छेद से कोठरी के भीतर उतरने लगी। आरव की आँख खुली। उसे कुछ क्षण लगे यह समझने में कि वह कहाँ है। फिर उसकी नजर सामने गई। अमन अब भी जाग रहा था। वह पूरी रात सोया ही नहीं था। उसी जगह बैठा था। उसी तरह। मानो रात और सुबह के बीच उसने एक पल भी आँखें बंद न की हों। उसके चेहरे पर सुबह की हल्की रोशनी पड़ रही थी और पहली बार आरव ने उसे इतने ध्यान से देखा। उसके चेहरे पर उम्र से अधिक थकान थी। आँखों के नीचे गहरे काले घेरे। गालों पर उभरी हड्डियाँ और सबसे अधिक विचलित करने वाली बात उसकी आँखें। वे किसी बूढ़े आदमी की आँखें लगती थीं। जबकि उम्र मुश्किल से तीस के आसपास होगी। उन आँखों में डर नहीं था। गुस्सा भी नहीं। बल्कि कुछ और था। ऐसा कुछ जिसे शब्दों में बाँधना कठिन था। मानो कोई आदमी वर्षों से अपने ही भीतर किसी अदालत में खड़ा हो और हर दिन खुद को दोषी घोषित करता हो। आरव ने पहली बार महसूस किया यह आदमी दूसरों से नहीं भाग रहा। यह खुद से भाग रहा है और शायद सफल

नहीं हो पा रहा।

कुछ देर बाद गिनती हुई। कैदी बाहर निकले। लेकिन उस दिन भी अमन लगभग पूरे समय चुप रहा। आरव ने देखा कि बाकी कैदी जब बातें करते, हँसते, झगड़ते या शिकायत करते थे तो अमन उनसे बचकर रहता था। मानो उसे लोगों से नहीं अपने बारे में किसी भी बातचीत से डर लगता हो।

दोपहर में खाना बाँटा गया। एक कैदी मज़ाक में उससे टकरा गया। थाली का थोड़ा खाना गिर गया। सामान्य आदमी शायद झुँझला जाता। लेकिन अमन ने तुरंत पीछे हटकर माफी माँग ली। ऐसे जैसे गलती उसकी ही हो। जबकि गलती उसकी थी ही नहीं। आरव ने यह बात नोट की। फिर दूसरी बार। फिर तीसरी बार और धीरे-धीरे उसे लगने लगा कि अमन में कुछ असामान्य है। वह किसी सजा से नहीं डरता था। लेकिन किसी की आँखों में खुद को देखने से डरता था। मानो उसे भय हो कि कहीं लोग उसके भीतर छिपे आदमी को पहचान न लें।

शाम को वापस कोठरी में लौटने के बाद भी दोनों के बीच अधिक बात नहीं हुई। लेकिन इस बार चुप्पी अलग थी। अब आरव केवल जिज्ञासु नहीं था। उसे चिंता होने लगी थी। क्योंकि उसने कई अपराधियों को देखा था। कुछ को अपने अपराध पर गर्व था। कुछ को कोई पछतावा नहीं था। कुछ अपने अपराध का दोष

दुनिया पर डालते थे। लेकिन अमन अलग था। बहुत अलग। उसमें कुछ ऐसा था जो आरव ने पहले कभी नहीं देखा था। वह आदमी जेल से बाहर निकलने की उम्मीद नहीं कर रहा था। यह भी नहीं लगता था कि वह अदालत के फैसले का इंतजार कर रहा है। बल्कि ऐसा लगता था जैसे उसका फैसला बहुत पहले हो चुका है और न्यायाधीश भी वही था। अभियोजक भी वही। गवाह भी वही और अपराधी भी वही।

उस रात जब दोनों फिर अपनी-अपनी चारपाइयों पर थे, तब पहली बार आरव ने धीरे से पूछा

"अमन..."

कोई उत्तर नहीं आया।

"एक बात पूछूँ?"

कुछ क्षण बाद बहुत धीमी आवाज़ आई

"पूछो।"

आरव ने छत की ओर देखते हुए कहा "तुम्हें अपने किए का पछतावा है?"

लंबी चुप्पी। इतनी लंबी कि लगा शायद उसने सुना ही नहीं।

फिर अंधेरे से आवाज़ आई "पछतावा?"

अमन हल्का-सा हँसा। लेकिन वह हँसी किसी घायल आदमी की कराह जैसी थी।

"काश केवल पछतावा होता।"

फिर वह चुप हो गया और आरव पहली बार समझ गया अमन की कहानी किसी हत्या की कहानी नहीं होगी। वह एक ऐसे आदमी की कहानी होगी जो हर सुबह जागता है और चाहता है कि काश वह जागा ही न होता।

रात बीत चुकी थी। सुबह का उजाला धीरे-धीरे कोठरी की दीवारों पर चढ़ रहा था। आरव आधी नींद में था। अमन पहले की तरह जाग रहा था। अचानक गलियारे में जूतों की भारी आवाज़ गूँजी।

ठक...

ठक...

ठक...

आरव ने आँखें खोलीं। उस चाल को पहचानने के लिए किसी को चेहरा देखने की ज़रूरत नहीं थी। हिम्मत सिंह। कुछ ही क्षण बाद उसका भारी शरीर सलाखों के सामने दिखाई दिया। उसके हाथ में एक मोड़ा हुआ कागज़ था। आज उसके चेहरे पर सामान्य से अधिक संतोष था। ऐसा संतोष जो किसी और के दुःख से पैदा होता है। उसने सलाखों पर डंडा पटका।

"ओए!"

धातु की आवाज़ पूरी कोठरी में गूँज गई। आरव उठकर बैठ गया। अमन ने सिर्फ उसकी ओर देखा। कोई प्रतिक्रिया नहीं। हिम्मत सिंह के चेहरे पर वही पुरानी मुस्कान फैल गई।

"बड़े आराम से बैठे हो।"

उसने कागज़ लहराया।

"लो, इंतज़ार खत्म हुआ।"

फिर उसने कागज़ सलाखों के बीच से भीतर फेंक दिया। कागज़ फर्श पर फिसलता हुआ अमन के पैरों के पास आकर रुक गया। कुछ क्षण तक किसी ने उसे उठाया नहीं। फिर अमन झुका। कागज़ उठाया। खोला और पढ़ने लगा। उसके चेहरे पर कोई बदलाव नहीं आया। न भय। न घबराहट। न क्रोध। कुछ भी नहीं। जैसे वह पहले से जानता हो कि उसमें क्या लिखा होगा। आरव ने धीरे से पूछा "क्या है?"

अमन ने कागज़ मोड़ दिया। कुछ क्षण चुप रहा। फिर बोला

"दो दिन बाद।"

बस इतना। लेकिन आरव समझ गया। उसके भीतर कुछ सिकुड़ गया। कोठरी अचानक पहले से छोटी लगने लगी। हवा भारी और सन्नाटा असहनीय। लेकिन हिम्मत सिंह संतुष्ट था। बहुत संतुष्ट।

"आख़िरकार ऊपर वाला भी न्याय करता है।"

वह हँसा।

"दो दिन बाद एक कम होगा दुनिया में।"

फिर उसकी नजर अमन पर टिक गई।

"तुम जैसे लोग साँस लेने के लायक भी नहीं होते। देश का कचरा। समाज का कीड़ा। अच्छा है। फाँसी कम-से-कम एक काम तो ठीक करती है।"

आरव ने देखा अमन अब भी चुप था। सिर झुकाए। जैसे वह सुन ही नहीं रहा हो या शायद सुन रहा हो और मान रहा हो। यही बात पहली बार आरव को विचलित कर गई क्योंकि उसने कई कैदियों को गालियाँ खाते देखा था। हर कोई प्रतिक्रिया देता था। गुस्सा नफ़रत विरोध कुछ तो लेकिन अमन कुछ नहीं।

हिम्मत सिंह ने कुछ देर और बड़बड़ाया। फिर थूककर मुड़ा और चला गया। उसके जूतों की आवाज़ धीरे-धीरे गलियारे में खो गई। कोठरी में फिर सन्नाटा लौट आया। लेकिन इस बार वह पहले जैसा नहीं था। अब

उस सन्नाटे में एक संख्या मौजूद थी। दो। केवल दो दिन। आरव काफी देर तक कुछ नहीं बोला। फिर धीरे से पूछा "डर नहीं लग रहा?"

अमन रोशनदान की ओर देखने लगा।

"डर बहुत पहले खत्म हो गया था।"

उसकी आवाज़ थकी हुई थी।

"अब बस इंतज़ार है।"

फिर अचानक वह चुप हो गया। कुछ देर बाद बोला "जानते हो जब मैं छोटा था ना मुझे मरने से बहुत डर लगता था।"

पहली बार उसकी आवाज़ में हल्की गर्माहट आई। बहुत हल्की। जैसे कोई पुराने संदूक से वर्षों पुरानी चीज़ निकाल रहा हो।

"हमारे गाँव में एक पुराना आम का बाग़ था। मैं और रौशन घंटों वहीं खेलते थे।"

आरव ने ध्यान से उसकी ओर देखा। यह पहली बार था जब अमन ने किसी का नाम लिया था और उस नाम के साथ उसके चेहरे पर कुछ बदल गया। बहुत थोड़ा लेकिन साफ़। जैसे वर्षों बाद किसी सूखी ज़मीन पर पहली बूँद गिरी हो।

"रौशन..."

वह हल्का मुस्कुराया।

"साला हर काम में मुझसे आगे। दौड़ में भी। कबड्डी में भी। पढ़ाई में भी। लेकिन लड़ाई में हमेशा हार जाता था।"

पहली बार आरव ने उसके चेहरे पर एक सच्ची मुस्कान देखी। छोटी-सी। लेकिन सच्ची।

"हम दोनों साथ बड़े हुए थे। इतने साथ कि गाँव वाले कभी-कभी हमें सगे भाई समझ लेते थे। एक ही स्कूल। एक ही मास्टर। एक ही मैदान। एक ही नदी और एक ही सपना। गाँव से निकलना।"

अमन की आवाज़ अब पहले से अलग थी। वह पहली बार किसी स्मृति को जी रहा था। सिर्फ सुना नहीं रहा

था।

"शाम को स्कूल से लौटकर हम बैग फेंक देते थे और सीधे मैदान भाग जाते थे। कभी क्रिकेट। कभी कबड्डी। कभी बिना किसी कारण खेतों में घूमना और रात को छत पर लेटकर तारों को देखना। हम सोचते थे शहर कैसा होगा। कितना बड़ा होगा। कितनी रोशनी होगी वहाँ और हम दोनों वहाँ जाकर क्या बनेंगे।"

उसकी आँखें रोशनदान की ओर उठ गईं।

"उस समय जिंदगी बहुत आसान लगती थी। जैसे बस मेहनत करनी है और सब ठीक हो जाएगा।"

वह हल्का हँसा।

"बच्चे कितनी आसानी से भरोसा कर लेते हैं भविष्य पर।"

कुछ देर बाद उसने आगे कहा "बारहवीं पास हुई। फिर शहर जाने की बारी आई। दोनों घरों की हालत ऐसी नहीं थी कि अलग-अलग कमरा ले सकें। तो हमने एक कमरा साझा किया। एक छोटा-सा कमरा। दो खाट।

एक मेज़। एक स्टोव और बहुत सारे सपने।"

उसने आँखें बंद कर लीं।

"उस समय अगर किसी ने मुझसे कहा होता कि एक दिन मैं यहाँ बैठा होऊँगा और रौशन..."

वह अचानक रुक गया। कुछ क्षण के लिए उसकी आवाज़ टूट गई। फिर उसने बात वहीं छोड़ दी। उसी समय गलियारे में सीटी बजी। सुबह की गिनती का समय हो चुका था। दरवाज़े खुलने लगे। कैदी बाहर निकलने लगे। हिम्मत सिंह की कर्कश आवाज़ फिर पूरे बरामदे में गूँजी "चलो! लाइन में लगो!"

अमन धीरे-धीरे उठ खड़ा हुआ, आरव भी और पहली बार आरव को लगा शायद अगले दो दिनों में वह एक ऐसी कहानी सुनने वाला है जिसका बोझ आरव की अपनी कहानी से भी अधिक भारी है।

उस दिन प्रांगण में गिनती के बाद कैदियों को खुला छोड़ दिया गया। कुछ लोग ताश खेलने लगे। कुछ धूप में लेट गए। कुछ दीवार से पीठ लगाकर ऊँघने लगे। आरव और अमन पीपल के उसी पुराने पेड़ के नीचे बैठे थे। अमन असामान्य रूप से शांत था। आज उसके चेहरे पर कल वाली कठोरता नहीं थी। शायद इसलिए

कि वह पहली बार अपने अतीत के उस हिस्से में गया था जहाँ अभी तक कोई अपराध नहीं था। जहाँ केवल दोस्ती थी।

आरव ने पूछा "तुम दोनों में ज़्यादा होशियार कौन था?"

पहली बार अमन हल्का हँसा।

"रौशन। हर बार और यही बात मुझे उससे सबसे ज़्यादा चिढ़ाती थी। वह पढ़ाई भी मुझसे बेहतर करता था लेकिन पढ़ता कम था और मैं पूरी रात किताबों में सिर घुसाए रहता था। फिर भी नंबर उसके ज़्यादा आते थे।"

आरव मुस्कुरा दिया।

"कुछ लोग ऐसे ही होते हैं।"

"हाँ।"

अमन ने सिर हिलाया।

"लेकिन उसकी सबसे बड़ी समस्या पढ़ाई नहीं थी।"

"फिर?"

"उसे हर चीज़ में दुनिया सुधारनी होती थी।"

आरव ने भौंह उठाई।

"मतलब?"

अमन ने एक पुरानी स्मृति को जैसे हाथ से छुआ।

"एक बार गाँव में एक बूढ़ी औरत रहती थी। कोई अपना नहीं था उसका। बरसात में उसकी झोपड़ी गिर गई। सारा गाँव देख रहा था। लेकिन किसी ने कुछ नहीं किया। अगली सुबह मैं उठा तो देखा रौशन गायब। पूरा दिन गायब। शाम को पता चला कि वह पाँच लड़कों को लेकर उस बूढ़ी औरत की झोपड़ी फिर से खड़ी कर रहा था।"

अमन की आँखों में क्षणभर के लिए पुरानी चमक लौटी।

"उम्र पंद्रह साल थी उसकी और दुनिया का बोझ पहले ही सिर पर उठा लिया था।"

कुछ देर दोनों चुप रहे। फिर अमन ने कहा "मुझे तब लगता था कि वह बेवकूफ है। अब लगता है..."

वह रुक गया। पहली बार उसकी आँखों में दर्द उतर आया।

"शायद हम सबमें सबसे समझदार वही था।"

आरव ने ध्यान से उसकी ओर देखा। यह पहली बार था जब अमन ने रौशन की बात करते हुए अपनी नज़रें झुका ली थीं। मानो किसी ऐसे व्यक्ति का नाम ले रहा हो जिसके सामने आज भी अपराधी महसूस करता हो। उसी समय प्रांगण के दूसरे छोर से अचानक शोर उठा। एक नया कैदी किसी बात पर भड़क गया था। हिम्मत सिंह उसकी ओर बढ़ रहा था। डंडा हाथ में। चेहरे पर वही परिचित क्रूरता। कैदी पीछे हटने लगे। लेकिन अमन की आँखें अचानक उस दृश्य पर टिक गईं और उसी क्षण आरव ने कुछ देखा। बहुत छोटा-सा। लेकिन महत्वपूर्ण। अमन के हाथ काँपने लगे थे। जैसे वह सामने जेल का दृश्य नहीं अपने अतीत का कोई दृश्य देख रहा हो। उसकी साँसें तेज़ हो गईं और होंठों पर लगभग फुसफुसाहट उभरी

"नहीं..."

आरव ने पहली बार उसे इस तरह देखा था। डरा हुआ। बुरी तरह डरा हुआ। जैसे किसी पुराने घाव का दरवाज़ा अचानक खुल गया हो और उसी क्षण आरव समझ गया रौशन की कहानी केवल दोस्ती की कहानी नहीं है। उसके भीतर कोई ऐसा दृश्य छिपा है जिसे याद करते ही अमन आज भी काँप उठता है।

कुछ देर दोनों चुप बैठे रहे। पीपल के पत्ते हवा में हिल रहे थे। दूर कुछ कैदी ताश खेल रहे थे। हिम्मत सिंह किसी पर चिल्ला रहा था। लेकिन अब अमन जैसे कहीं और पहुँच चुका था।

उसने धीरे से कहा—

"जानते हो आरव... रौशन को याद करता हूँ तो सबसे पहले उसका चेहरा नहीं याद आता।"

आरव ने उसकी तरफ देखा।

"फिर क्या याद आता है?"

अमन हल्का मुस्कुराया।

"उसकी आवाज़। साला इतना बोलता था कि कभी-कभी मन करता था उसका मुँह बंद कर दूँ।"

पहली बार आरव हँसा। अमन भी।

"हम दोनों बचपन से साथ थे। इतना साथ कि गाँव में लोग हमें अलग-अलग नाम से नहीं बुलाते थे। 'अमन-रौशन' एक ही नाम था। 'अमन कहाँ है?' 'रौशन के साथ होगा।' 'रौशन कहाँ है?' 'अमन के साथ होगा।' बस यही जवाब मिलता था।"

वह कुछ देर चुप रहा। फिर बोला "हमारे गाँव के बाहर एक आम का बाग़ था। गर्मी की छुट्टियों में सुबह निकलते थे और शाम को लौटते थे। कभी पेड़ पर चढ़ना। कभी नदी में कूदना। कभी खेतों में भागना और हर बार किसी न किसी बुजुर्ग से डाँट खाना। रौशन हमेशा शरारत करता था और पकड़ा मैं जाता था।"

आरव मुस्कुराया।

"हर दोस्ती में एक ऐसा दोस्त होता है।"

"हाँ।"

अमन ने सिर हिलाया।

"लेकिन पढ़ाई में मामला उल्टा था। मैं दिन-रात किताबों में घुसा रहता था और वह...वह तो जैसे किताब देखकर ही पढ़ लेता था। मुझे याद है दसवीं के रिज़ल्ट वाले दिन मैं पूरा काँप रहा था और वह मैदान में क्रिकेट खेल रहा था। जैसे रिज़ल्ट उसका नहीं किसी और का आने वाला हो। फिर जब रिज़ल्ट आया तो मेरे अच्छे नंबर आए लेकिन उसके मुझसे ज़्यादा।"

अमन हँसा।

"उस दिन पहली बार लगा था कि भगवान पक्षपात करता है।"

कुछ क्षण दोनों हँसते रहे। फिर अमन की आवाज़ धीमी हो गई।

"बारहवीं के बाद जब शहर जाने की बात हुई न तो हम दोनों कई रातों तक सो नहीं पाए थे। छत पर लेटकर बातें करते रहते थे। 'शहर कैसा होगा?' 'कॉलेज कैसा होगा?' 'किस तरह के लोग मिलेंगे?' हमें लगता था कि जिंदगी बस शुरू होने वाली है और सच कहूँ वह सच में शुरू ही हो रही थी।"

उसने लंबी साँस ली।

"पहली बार जब शहर पहुँचे थे तो दोनों रास्ता भूल गए थे। एक घंटा बस अड्डे के आसपास भटकते रहे। कमरे का पता जेब में था। लेकिन ढूँढ़ नहीं पा रहे थे। रौशन हर तीसरे आदमी से रास्ता पूछ रहा था। उसे पूरा विश्वास था कि दुनिया में कोई बुरा आदमी नहीं होता। मैं कहता था 'हर किसी पर भरोसा मत किया कर।' और वह हँसकर कहता था 'हर किसी पर शक मत किया कर।'

अमन कुछ क्षण चुप हो गया। उसकी आँखें अब भी कहीं दूर देख रही थीं। फिर उसने कहा "हमारा कमरा बहुत छोटा था। दो चारपाइयाँ थीं। एक मेज़। एक स्टोव और एक खिड़की जो सामने की दीवार दिखाती थी। लेकिन हमें लगता था कि हमने आधा शहर खरीद लिया है। रात को खुद खाना बनाते थे। ज्यादातर जल जाता था। फिर भी खाते थे और रौशन हर बार कहता था 'एक दिन पाँच सितारा होटल में खाएँगे।' मैं कहता था 'पहले यह दाल तो ठीक से बना ले।'

अमन के चेहरे पर फिर हल्की मुस्कान आई। फिर वह धीरे-धीरे गंभीर हो गया।

"लेकिन आरव एक बात थी उसमें। जो मैं उस समय नहीं समझ पाया था। उसे दूसरों का दर्द अपना दर्द लगता था। सचमुच लगता था। किसी गरीब को देखकर उसका मन खराब हो जाता था। किसी मजदूर के साथ अन्याय हो जाए तो रात भर सो नहीं पाता था। और मैं..."

वह रुक गया।

"मैं तब सिर्फ अपनी जिंदगी के बारे में सोचता था। मुझे लगता था कि आदमी पहले खुद को संभाले। बाकी दुनिया बाद में।"

फिर उसने बहुत धीरे से कहा "शायद यहीं से रास्ते अलग होने शुरू हुए थे..."

और उसी समय प्रांगण में सीटी गूँज उठी। गिनती का समय हो चुका था। अमन की बात अधूरी रह गई। लेकिन पहली बार आरव को महसूस हुआ कि वह कोई कहानी नहीं सुन रहा वह दो जिंदगियों को धीरे-धीरे अलग होते हुए देख रहा है।

सीटी की आवाज़ पूरे प्रांगण में फैल गई। कैदी धीरे-धीरे उठने लगे। जो बैठे थे, खड़े हो गए। जो लेटे थे, उन्होंने कपड़े झाड़े। जो बातें कर रहे थे, उनकी बातें अधूरी रह गईं। अमन भी उठ खड़ा हुआ। आरव उसके साथ चलने लगा। कुछ देर तक दोनों चुपचाप लाइन में खड़े रहे। गिनती शुरू हुई।

एक...

दो...

तीन...

जेल की दिनचर्या में गिनती केवल संख्या नहीं होती थी। वह यह घोषणा होती थी कि कौन अभी भी जीवित है। गिनती समाप्त हुई। कुछ देर बाद कैदियों को वापस अपने-अपने हिस्सों में छोड़ दिया गया। उस दिन धूप कुछ तेज़ थी। लेकिन हवा में अजीब-सी नमी थी। मानो शाम को बारिश होने वाली हो। आरव का ध्यान बार-बार अमन पर जा रहा था। उसे पहली बार लग रहा था कि यह आदमी बोल सकता है और शायद बहुत कुछ बोल सकता है। बस उसे कोई सुनने वाला चाहिए था। शाम ढलने लगी। आसमान का नीला रंग धीरे-धीरे पीले से नारंगी और फिर धूसर होने लगा। कैदी फिर अपनी-अपनी कोठरियों में लौटा दिए गए। लोहे का दरवाज़ा बंद हुआ। चाबी घूमी। और एक बार फिर वही परिचित सन्नाटा।

इस बार आरव ने इंतज़ार नहीं किया।

"फिर क्या हुआ?"

उसने पूछा।

अमन कुछ देर चुप रहा। मानो यह तय कर रहा हो कि आगे बढ़ना चाहिए या नहीं। फिर वह दीवार से पीठ टिकाकर बैठ गया।

"फिर जिंदगी हुई।"

उसने धीमे से कहा।

"और जिंदगी हमेशा कहानी से ज्यादा उलझी हुई होती है।"

कुछ देर बाद उसने कहना शुरू किया।

"शहर आए हमें करीब छह महीने हो गए थे। कॉलेज ठीक चल रहा था। पैसों की तंगी थी लेकिन उससे लड़ना सीख गए थे। सुबह क्लास। दोपहर लाइब्रेरी। शाम को पढ़ाई। रात को बहस। यही दिनचर्या थी। लेकिन धीरे-धीरे मैंने नोटिस करना शुरू किया कि रौशन बदल रहा है।"

आरव ने पूछा—

"कैसे?"

अमन हल्का-सा मुस्कुराया।

"बदल नहीं रहा था शायद असल में वह वही बन रहा था जो हमेशा से था। मैं उसे पहली बार ठीक से समझ रहा था।"

उसने रोशनदान की तरफ देखा।

"कॉलेज से लौटते वक्त अगर सड़क पर कोई मजदूर घायल दिख जाए तो वह उसके साथ अस्पताल चला जाता था। अगर किसी छात्र की फीस नहीं जमा हुई हो तो उसके लिए पैसे जुटाने निकल पड़ता था। अगर कहीं कोई धरना हो रहा हो तो वहाँ पहुँच जाता था।"

आरव ध्यान से सुन रहा था।

अमन आगे बोला "एक दिन मैंने उससे पूछा भी था। 'तुझे हर बात में पड़ने की क्या जरूरत है?' वह हँसा था। क्योंकि किसी को तो पड़ना पड़ेगा। अगर सब यही सोचेंगे कि मुझे क्या, तो फिर किसी को क्या रहेगा? उस समय मुझे उसकी बात आदर्शवादी लगती थी। थोड़ी बेवकूफी भी। लेकिन वह सचमुच ऐसा ही था।"

अमन की आँखों में पुरानी यादों की चमक उभरी।

"याद है एक बार सर्दी की रात थी। हम दोनों कमरे में पढ़ रहे थे। बाहर एक बूढ़ा आदमी ठंड से काँप रहा था। मैंने खिड़की बंद कर ली और रौशन ने अपना कंबल उठाकर उसे दे दिया। पूरी रात खुद काँपता रहा। सुबह बुखार हो गया उसे। मैंने कहा 'पागल है तू।' वह फिर हँसने लगा। 'शायद हूँ।'

कुछ क्षण तक कोठरी में केवल उसकी आवाज़ गूँजती रही। फिर वह अचानक चुप हो गया। आरव ने देखा उसके चेहरे पर मुस्कान तो थी लेकिन आँखों में नहीं। मानो हर अच्छी याद के पीछे कोई दर्द खड़ा हो।

"फिर?"

आरव ने धीरे से पूछा। अमन ने लंबी साँस ली।

"फिर हमारे जीवन में नए लोग आने लगे और शायद यहीं से सब कुछ बदलना शुरू हुआ।"

उसकी आवाज़ पहले से भारी हो गई।

"रौशन की पहचान शहर के सामाजिक कार्यकर्ताओं से होने लगी और मेरी..."

वह कुछ क्षण रुका।

"...मेरी कुछ और लोगों से।"

"कैसे लोग?"

अमन ने सीधे जवाब नहीं दिया। वह कुछ देर तक फर्श को देखता रहा।

फिर बोला "ऐसे लोग जो हर सवाल का जवाब जानते थे। ऐसे लोग जिनके पास हर समस्या का एक दुश्मन था। ऐसे लोग जो तुम्हें यह महसूस करा देते हैं कि तुम किसी बहुत बड़े उद्देश्य का हिस्सा हो।"

कोठरी में सन्नाटा छा गया। आरव अब समझ गया था। कहानी उस मोड़ के करीब पहुँच रही थी जहाँ रास्ते अलग होने वाले थे। लेकिन अभी नहीं। अभी अमन खुद भी उस पुराने समय में था जब उसे लगता था कि दुनिया को समझ लिया है। जबकि असल में दुनिया उसे समझना शुरू कर रही थी और शायद उसी समझ की कीमत उसे अपनी पूरी जिंदगी से चुकानी थी।

कोठरी में कुछ देर सन्नाटा रहा। बाहर पहरेदार के जूतों की आवाज़ एक बार गलियारे से गुज़री। फिर दूर चली गई। अमन दीवार से पीठ टिकाए बैठा था। आरव अपनी चारपाई पर। कुछ देर तक दोनों में से कोई कुछ नहीं बोला। फिर आरव ने धीरे से पूछा "फिर आगे?"

अमन जैसे उसी सवाल का इंतज़ार कर रहा था। उसने गहरी साँस ली।

"फिर आगे... फिर जिंदगी अपनी रफ्तार से चलती रही। सुबह कॉलेज। शाम कमरा। बीच में हजार छोटी-बड़ी परेशानियाँ। किराया। फीस। परीक्षा। भविष्य की चिंता। सब कुछ। लेकिन एक चीज़ धीरे-धीरे बदल रही थी। रौशन का दायरा बढ़ता जा रहा था। वह जहाँ जाता था, लोग उसे पहचानने लगते थे। कॉलेज के लड़के। मजदूर। रिक्शेवाले। छोटे दुकानदार। किसी न किसी को उसका नाम पता होता था और मुझे हमेशा हैरानी होती थी कि आखिर वह करता क्या है।"

अमन हल्का-सा मुस्कुराया।

"क्योंकि पैसे तो उसके पास कभी नहीं होते थे। कपड़े भी वही दो-तीन। जूते भी घिसे हुए। लेकिन शहर में आधे लोग उसे जानते थे। एक दिन मैंने उससे पूछा भी था। 'तू आखिर करता क्या रहता है पूरे दिन?' वह हँस

पड़ा। 'कुछ नहीं। लोगों से मिलता हूँ।' मैंने कहा 'उससे क्या मिलेगा?' वह बोला 'लोग मिल जाएँगे।'

अमन कुछ क्षण के लिए मुस्कुराया। फिर मुस्कान धीरे-धीरे गायब हो गई।

"उस समय उसकी बात समझ नहीं आई थी। आज आती है।"

उसने सिर दीवार से टिका दिया।

"शहर में एक पुरानी चाय की दुकान थी। कॉलेज और बस स्टैंड के बीच। शाम को हम दोनों वहीं बैठते थे। कभी चाय पीते। कभी सिर्फ बैठे रहते क्योंकि चाय पीने के पैसे भी नहीं होते थे।

आरव हल्का-सा हँसा। अमन भी।

"दुकानदार हमें पहचानता था। कई बार उधार भी दे देता था और रौशन... रौशन हर बार किसी न किसी नए आदमी से बात शुरू कर देता था। कभी किसी मजदूर से। कभी किसी बूढ़े से। कभी किसी छात्र से। मैं हैरान रहता था कि उसे हर आदमी में इतनी दिलचस्पी क्यों है।"

कुछ देर चुप्पी रही। फिर अमन बोला "उसी चाय की दुकान पर मैंने पहली बार उन्हें देखा था।"

आरव ने सिर उठाया।

"किसे?"

अमन कुछ क्षण चुप रहा।

"एक समूह था। लगभग दस-बारह लोग। हमारी उम्र के भी। कुछ बड़े भी। वे अक्सर शाम को वहाँ आते थे। बहुत अनुशासित लगते थे। एक-दूसरे की बात ध्यान से सुनते थे। कभी बेकार की हँसी-मज़ाक नहीं। कभी फालतू बातें नहीं। हम जैसे लड़कों को वे बहुत प्रभावशाली लगते थे।"

"रौशन उन्हें देखकर क्या कहता था?"

आरव ने पूछा। अमन हल्का-सा हँसा।

"वह कहता था 'बहुत गंभीर लोग लगते हैं या तो दुनिया बदल देंगे या खुद बदल जाएँगे।'

"और तुम?"

"मैं..."

अमन कुछ क्षण सोचता रहा।

फिर बोला "मुझे वे अच्छे लगते थे। बहुत अच्छे क्योंकि उनके पास विश्वास था। उन्हें हर बात का जवाब मालूम था। वे कभी असमंजस में नहीं दिखते थे और उस उम्र में आत्मविश्वास सबसे बड़ी ताकत लगता है।"

बाहर कहीं से कुत्ते के भौंकने की आवाज़ आई। कुछ क्षण दोनों चुप रहे। फिर अमन ने बहुत धीमे स्वर में कहा "मुझे तब कहाँ पता था कि आदमी कभी-कभी गलत रास्ते पर भी पूरे आत्मविश्वास के साथ चलता

है।"

उसने रोशनदान की तरफ देखा।

"और कभी-कभी जितना पक्का विश्वास होता है गिरना उतना ही गहरा होता है।"

वह चुप हो गया।

आरव ने देखा इस बार अमन की आँखें चाय की दुकान को नहीं देख रही थीं। न उन लोगों को। न शहर को। वह किसी और को देख रहा था। शायद रौशन को और पहली बार उसके चेहरे पर ऐसा दर्द आया जैसे आगे की कहानी सुनाना उसके लिए आसान नहीं होने वाला। उस रात बातचीत यहीं समाप्त नहीं हुई। लेकिन आगे भी नहीं बढ़ी। अमन चुप हो गया था। ऐसा नहीं कि उसके पास कहने को कुछ नहीं था। बल्कि ऐसा कि उसके भीतर जो अगला हिस्सा था, उसे छूना भी उसके लिए आसान नहीं था।

कुछ देर बाद दोनों अपनी-अपनी चारपाइयों पर लेट गए।

कोठरी में वही पीला बल्ब जल रहा था। उसकी रोशनी दीवार पर पड़कर एक अजीब उदासी पैदा कर रही थी। आरव की आँखें धीरे-धीरे भारी होने लगीं। लेकिन अमन वह फिर नहीं सोया। उसकी आदत थी शायद या सज़ा। कहना मुश्किल था। आरव ने आधी नींद में एक बार आँखें खोलीं। अमन फिर उसी तरह बैठा था। रोशनदान की तरफ मुँह किए। जैसे किसी का इंतज़ार कर रहा हो। जैसे अंधेरे के उस टुकड़े के पीछे कोई खड़ा हो। कोई ऐसा जिससे वह नज़रें भी नहीं मिला सकता और न नज़रें हटा सकता। सुबह जब गिनती हुई तो आरव ने एक बात नोटिस की। अमन पहले से भी कम बोल रहा था। बाकी कैदी कभी-कभी उससे बात करने की कोशिश करते। वह बस सिर हिला देता। कुछ लोग उसे घूरते। कुछ लोग जानते थे कि उसकी फाँसी दो दिन बाद है। कुछ लोग नहीं जानते थे। लेकिन जेल में खबरें हवा से भी तेज़ चलती हैं।

दोपहर तक लगभग पूरे बैरक को पता चल चुका था। प्रांगण में बैठे हुए दो कैदी धीरे-धीरे फुसफुसा रहे थे।

"वही है?"

"हाँ।"

"परसों वाला?"

"हाँ।"

"अजीब लगता है।"

"क्या?"

"डरता ही नहीं।"

अमन ने शायद सुन लिया था। लेकिन उसने कोई प्रतिक्रिया नहीं दी। आरव ने दी। उसने उन दोनों को घूरकर देखा। दोनों चुप हो गए। कुछ देर बाद आरव और अमन फिर पीपल के नीचे बैठे थे। धूप पत्तों से छनकर ज़मीन पर गिर रही थी। जेल की दीवारों पर बैठे कौवे शोर कर रहे थे। दूर कहीं किसी कैदी की हँसी सुनाई दी और उसी सबके बीच अचानक आरव ने पूछा "तुम सच में नहीं डरते?"

अमन ने उसकी तरफ देखा। काफी देर तक। फिर हल्की-सी मुस्कान आई। लेकिन वह मुस्कान खुशी की नहीं थी। थकान की थी।

"आरव... जिस आदमी ने खुद को माफ़ नहीं किया हो उसे मौत से डर नहीं लगता।"

आरव कुछ नहीं बोला। उसे पहली बार महसूस हुआ कि यह आदमी फाँसी की प्रतीक्षा नहीं कर रहा। वह किसी फैसले की प्रतीक्षा कर रहा है। जो अदालत नहीं सुनाएगी। कुछ देर बाद आरव ने फिर पूछा "फिर आगे?"

इस बार अमन ने जवाब देने में समय लिया।

बहुत समय।

मानो वह किसी बंद दरवाज़े के सामने खड़ा हो और जानता हो कि उसके पीछे क्या है।

"फिर वे लोग मेरी जिंदगी का हिस्सा बनने लगे।"

उसने धीरे से कहा।

"पहले सिर्फ चाय की दुकान तक फिर कॉलेज तक फिर कमरे तक।"

"रौशन को पसंद नहीं थे?"

"नहीं। लेकिन बात पसंद या नापसंद की नहीं थी। रौशन हमेशा सवाल पूछता था और वे लोग हमेशा जवाब देते थे।"

अमन कुछ क्षण चुप हुआ।

फिर बोला "आज समझता हूँ कि सवाल पूछने वाला आदमी खतरनाक नहीं होता। जवाबों का व्यापारी ज्यादा खतरनाक होता है।"

हवा का एक झोंका आया। पीपल के सूखे पत्ते ज़मीन पर गिरे।

"वे कहते थे 'देश खतरे में है।' 'समाज खतरे में है।' 'धर्म खतरे में है।' और मज़े की बात जानते हो?"

"क्या?"

"खतरा मुझे कभी दिखता नहीं था लेकिन उनके चेहरे देखकर विश्वास हो जाता था कि होगा।"

उसने एक सूखी हँसी हँसी।

"डर भी बड़ी अजीब चीज़ है। कभी-कभी आदमी उससे भी डरने लगता है जिसे उसने देखा तक नहीं होता।"

यहीं अचानक हिम्मत सिंह की आवाज़ गूँजी।

"ओए! फाँसी वाले!"

पूरा प्रांगण एक पल को शांत हो गया। हिम्मत सिंह पास आ रहा था। चेहरे पर वही क्रूर मुस्कान।

"सुन। कल आखिरी मुलाकात होगी तेरी। कोई बचा हो मिलने वाला तो सोच लेना।"

अमन ने कोई जवाब नहीं दिया। एक भी नहीं। हिम्मत सिंह कुछ क्षण उसे देखता रहा। फिर बोला "अजीब आदमी है। जिंदा लोगों जैसा व्यवहार ही नहीं करता।"

और हँसता हुआ चला गया। लेकिन उसके जाने के बाद आरव ने देखा अमन के हाथ काँप रहे थे। बहुत हल्के। इतने हल्के कि शायद कोई और देख ही न

पाता।

"क्या हुआ?"

आरव ने पूछा।

अमन ने तुरंत हाथ पीछे कर लिए।

"कुछ नहीं।"

लेकिन इस बार आरव समझ गया। हिम्मत सिंह गलत था। अमन मौत से नहीं डर रहा था। लेकिन कोई चीज़ थी जिसका नाम लेते ही उसके हाथ काँप जाते थे और आरव को धीरे-धीरे लगने लगा था कि उस चीज़ का नाम रौशन है। उस सुबह आरव की आँख सामान्य दिनों से पहले खुल गई। उसे पहले तो समझ ही नहीं आया कि वह जाग क्यों गया है। कोठरी वैसी ही थी। वही सीलन। वही पत्थर की दीवारें। वही लोहे की सलाखें। वही पीला-सा बल्ब जो पूरी रात जलते रहने के बाद भी अँधेरे को पूरी तरह हरा नहीं पाता था। लेकिन फिर उसे याद आया। आज अमन का आख़िरी पूरा दिन था। कल सुबह वह आगे नहीं सोच पाया।

रोशनदान के बाहर अभी पूरा उजाला नहीं हुआ था। आसमान गहरे नीले और धूसर रंग के बीच कहीं अटका हुआ था। जैसे रात जाने से पहले आख़िरी बार ठहर गई हो।

पीपल के पेड़ की कुछ टहनियाँ रोशनदान के सामने से गुजरती दिखाई दे रही थीं। हवा बहुत हल्की थी।

इतनी हल्की कि पत्ते हिल तो रहे थे, लेकिन उनकी आवाज़ भीतर तक नहीं पहुँच रही थी। आरव ने करवट बदली। अमन पहले से जाग रहा था। वह चारपाई पर नहीं था। वह दीवार से पीठ टिकाकर फर्श पर बैठा था। घुटने मोड़े हुए। दोनों हाथ उन पर रखे हुए और निगाहें रोशनदान पर। आरव को अचानक लगा कि शायद वह पूरी रात सोया ही नहीं।

"सोए नहीं?"

आरव ने धीमे से पूछा।

अमन ने गर्दन घुमाई। हल्की-सी मुस्कान आई।

"पता नहीं।"

फिर वापस बाहर देखने लगा।

"आज आसमान साफ़ है।"

उसने धीरे से कहा।

आरव ने बाहर देखा। उसे कुछ विशेष नहीं दिखा। लेकिन शायद अमन कुछ और देख रहा था या शायद वह बाहर नहीं, अपने भीतर देख रहा था।

कुछ ही देर बाद गलियारे में भारी जूतों की आवाज़ गूँजने लगी।

टिक...

टिक...

टिक...

फिर चाबियों का गुच्छा खनका। किसी ने दूर से गाली दी। किसी कैदी ने जवाब में कुछ कहा। और फिर अचानक पूरी बैरक में वही रोज़ वाली हलचल शुरू हो

गई। जेल में सुबह कभी धीरे-धीरे नहीं होती। वह एकदम टूट पड़ती है। एक क्षण पहले सन्नाटा होता है। दूसरे क्षण हर तरफ आवाज़ें।

"उठो!"

"गिनती!"

"जल्दी!"

लोहे के दरवाज़े खुलने लगे।

हिम्मत सिंह की आवाज़ बाकी सबसे अलग पहचानी जा सकती थी। उम्र ने उसके शरीर को कमजोर कर दिया था।

लेकिन उसकी आवाज़ अभी भी डंडे जैसी थी। सीधी। कठोर। और चोट पहुँचाने वाली। वह गलियारे से गुजर रहा था।

"चलो निकलो!"

"जेल को सराय समझ रखा है क्या?"

"उठ हरामखोर!"

कुछ कैदी बड़बड़ाए। कुछ चुपचाप उठ गए।

हिम्मत सिंह जब उनकी कोठरी के सामने पहुँचा तो उसकी चाल थोड़ी धीमी हो गई। उसने पहले आरव को देखा। फिर अमन को और उसके चेहरे पर वही परिचित मुस्कान आ गई। वह मुस्कान नहीं थी। किसी दूसरे के दुर्भाग्य में मिलने वाला आनंद था।

"क्या बात है?"

उसने कहा।

"आज बड़े सवेरे उठ गए।"

अमन चुप रहा। हिम्मत सिंह सलाखों के और पास आ गया।

"नींद नहीं आई?"

"या कल की तैयारी चल रही है?"

आरव का चेहरा कस गया। उसे हिम्मत सिंह की बातें अब पहले से ज्यादा बुरी लगने लगी थीं। लेकिन अमन ने कोई प्रतिक्रिया नहीं दी। एक भी नहीं। बस रोशनदान की तरफ देखता रहा। यह देखकर हिम्मत सिंह जैसे और चिढ़ गया।

"अरे कुछ बोल भी लिया कर। इतना घमंड किस बात का है? कल सुबह रस्सी गले में पड़ेगी तब भी ऐसे ही आसमान देखना।"

कुछ क्षण तक वह खड़ा रहा। फिर थूककर आगे बढ़ गया। उसके जूतों की आवाज़ धीरे-धीरे दूर चली गई। कुछ देर बाद गिनती शुरू हुई। सभी कैदी लाइन में खड़े थे। आरव और अमन भी। सुबह की धूप अब दीवारों के ऊपरी हिस्से को छूने लगी थी। एक-एक नाम पुकारा जा रहा था। एक-एक संख्या दर्ज हो रही थी। लेकिन आरव का ध्यान कहीं और था। वह बार-बार अमन को देख रहा था। आज उसके चेहरे पर कुछ अलग था। डर नहीं। घबराहट नहीं। पछतावा भी नहीं। कुछ और। जैसे कोई बहुत लंबी यात्रा पूरी कर चुका हो। जैसे कोई आदमी आखिरकार थक गया हो और अब उसे कहीं पहुँचना नहीं हो। गिनती समाप्त हुई।

कैदियों को प्रांगण की ओर ले जाया जाने लगा। सुबह की धूप अब पूरी तरह निकल आई थी। पीपल का पेड़ दूर से चमक रहा था। कुछ कौवे उसकी शाखाओं पर बैठे थे। एक बूढ़ा कैदी चलते-चलते खाँस रहा था। दो युवा कैदी आपस में किसी बात पर बहस कर रहे थे। एक आदमी चुपचाप जमीन देखता हुआ चल रहा था। जेल की सुबह बाहर की दुनिया जैसी नहीं होती। यहाँ हर आदमी समय को अलग तरीके से महसूस करता है। जिसकी सज़ा बीस साल बाकी हो उसके लिए एक दिन कुछ नहीं। जिसकी रिहाई अगले महीने हो उसके लिए एक दिन बहुत बड़ा और जिसकी ज़िंदगी में केवल एक दिन बचा हो उसके लिए हर मिनट एक अलग दुनिया होती है।

पीपल के पेड़ के नीचे पहुँचकर दोनों बैठ गए। कुछ देर तक कोई कुछ नहीं बोला। धूप अभी नरम थी। हवा में रात की ठंडक का थोड़ा हिस्सा बाकी था। अमन मिट्टी में उंगली से कुछ बनाता रहा। आरव उसे देखता रहा। आख़िर उसने वही सवाल पूछा जो पिछले कई दिनों से उनकी बातचीत को आगे बढ़ाता आया था।

"फिर आगे?"

अमन की उंगली मिट्टी पर रुक गई। उसने धीरे-धीरे सिर उठाया। दूर जेल की ऊँची दीवारों को देखा। फिर आसमान को और फिर आरव की ओर। उसकी आँखों

में पहली बार एक अजीब चमक थी। दर्द की। यादों की। और शायद उस आदमी की जिसका नाम रौशन था।

"फिर आगे..."

उसने बहुत धीरे से कहा।

"फिर हम दोनों बड़े होने लगे, आरव और आदमी जब बड़ा होता है तो कभी-कभी उसकी दोस्ती नहीं बदलती बस दुनिया को देखने का तरीका बदल जाता है।"

पीपल के पत्तों के बीच से छनकर आती धूप अब धीरे-धीरे ज़मीन पर फैलने लगी थी। सुबह की नमी अभी पूरी तरह सूखी नहीं थी। मिट्टी से एक हल्की-सी गंध उठ रही थी। जेल की ऊँची दीवारों के ऊपर आसमान का जो छोटा-सा हिस्सा दिखाई देता था, वह अब पूरी तरह नीला हो चुका था। अमन कुछ देर तक उस नीले टुकड़े को देखता रहा। फिर उसने अपनी निगाहें झुका लीं। वह कुछ क्षण चुप रहा। जैसे अपने भीतर किसी पुराने दरवाज़े को खोल रहा हो। फिर बोला "शहर आए हमें करीब डेढ़ साल हो चुका था। कमरा वही था। वही टूटी खिड़की। वही छत का पंखा जो आवाज़ ज़्यादा करता था और हवा कम देता था। वही दीवारें जिन पर नमी हर मौसम में बनी रहती थी। लेकिन हम दोनों बदल रहे थे। रौशन अब केवल छात्र नहीं रह गया था

और मैं..."

वह हल्का-सा मुस्कुराया।

"मैं अभी भी अपने आपको केवल छात्र समझता था।"

आरव चुपचाप सुनता रहा।

"सुबह हम दोनों साथ निकलते थे। कॉलेज जाते थे। लेकिन शाम होते-होते हमारे रास्ते अलग हो जाते थे। मैं लाइब्रेरी चला जाता। रौशन कहीं और।"

"कहाँ?"

आरव ने पूछा। अमन ने कंधे उचकाए।

"जहाँ उसे लगता था कि उसकी ज़रूरत है। कभी किसी मज़दूर बस्ती में। कभी किसी सरकारी दफ़्तर के बाहर। कभी किसी धरने में। कभी किसी अस्पताल में। कभी किसी स्कूल में। मैं उससे पूछता भी था 'तुझे मिलता क्या है यह सब करके?' और वह हर बार अलग जवाब देता था। 'सुकून।' 'लोग।' 'उम्मीद।' मुझे उसके जवाबों से चिढ़ होती थी क्योंकि वे कभी

सीधे नहीं होते थे।"

अमन हँसा।

"वह अजीब आदमी था। सीधे सवाल का सीधा जवाब देना उसे आता ही नहीं था।"

आरव भी मुस्कुरा दिया। पहली बार उसे लगा कि वह रौशन को देख सकता है। जैसे वह वास्तव में कहीं मौजूद हो। अमन आगे बोला "एक शाम मैं कमरे पर जल्दी लौट आया। रौशन नहीं था। मैं पढ़ने बैठ गया। करीब दो घंटे बाद वह लौटा। पूरी कमीज़ पसीने से भीगी हुई थी। चेहरा थका हुआ था। लेकिन आँखें..."

अमन कुछ क्षण रुका।

"आँखें चमक रही थीं। मैंने पूछा 'अब कहाँ से आ रहे हो?' वह हँसने लगा। 'अस्पताल से।' मैं घबरा गया।"

'क्यों?' 'अरे मुझे क्या हुआ है?' 'एक मज़दूर गिर गया था।'

‘उसे लेकर गया था।’ मैंने पूछा ‘तुम्हारा क्या लगता था?’ और जानते हो उसने क्या जवाब दिया?"

आरव ने सिर हिलाया।

अमन धीरे से बोला—

‘कुछ नहीं लगता था। इसीलिए तो ले गया।’

कुछ पल के लिए दोनों चुप हो गए। हवा में पीपल के पत्तों की सरसराहट भर रह गई।

"उस समय मुझे उसकी बातों में मूर्खता दिखाई देती थी। आज सोचता हूँ शायद समझदारी वही थी।"

दूर कहीं जेल की रसोई से बर्तनों के टकराने की आवाज़ आई। कुछ कैदी उठकर पानी की ओर चले गए। लेकिन अमन जैसे अब जेल में था ही नहीं। वह अपने पुराने कमरे में लौट चुका था।

"फिर एक दिन कुछ हुआ।"

उसने धीरे से कहा।

"जिसने शायद हमारी ज़िंदगी का रास्ता बदल दिया।"

आरव थोड़ा आगे झुक आया।

"कॉलेज में छात्र संघ का चुनाव होने वाला था। पूरा कैंपस पोस्टरों से भर गया था। हर दीवार पर नारे लिखे थे। हर समूह अपने आपको सबसे बड़ा सच बता रहा था। रौशन को इन सबमें दिलचस्पी नहीं थी। वह हमेशा की तरह अपने कामों में लगा था। लेकिन मुझे दिलचस्पी होने लगी थी।"

अमन ने मिट्टी पर उंगली फेरते हुए कहा।

"क्योंकि पहली बार मुझे लग रहा था कि मैं किसी बड़ी चीज़ का हिस्सा बन सकता हूँ। पढ़ाई अच्छी थी। नंबर अच्छे आते थे। लेकिन उससे क्या? मैं भीड़ में एक और छात्र था और हर जवान लड़के के भीतर कहीं न कहीं यह इच्छा होती है कि वह साधारण न रहे। उसी समय कुछ लोग मेरे करीब आए।"

इस बार उसकी आवाज़ थोड़ी बदल गई। पहले जैसी सहज नहीं रही।

"वे लोग पढ़े-लिखे थे। आत्मविश्वासी थे। हर बात पूरे विश्वास से करते थे। इतने विश्वास से कि तुम्हें अपने ही विचार छोटे लगने लगें। वे इतिहास की बातें करते थे। सभ्यता की। गौरव की। अपमान की और भविष्य की। उनकी बातें सुनकर लगता था कि दुनिया दो हिस्सों में बँटी हुई है। एक तरफ अच्छे लोग। दूसरी तरफ बुरे और सबसे खतरनाक बात जानते हो क्या थी, आरव?"

आरव चुप रहा। अमन ने उसकी ओर देखा।

"वे कभी खुद को नफरत करने वाला नहीं कहते थे। वे खुद को रक्षक कहते थे और जब आदमी अपने आपको रक्षक समझने लगता है"

वह कुछ क्षण चुप हो गया।

"तो वह अपने भीतर पैदा हो रही क्रूरता को पहचान नहीं पाता।"

आरव ने देखा। यह पहली बार था जब अमन के चेहरे पर पछतावे की एक गहरी रेखा उभरी। जैसे वह किसी बहुत पुराने घाव को छू बैठा हो। दूर से सीटी की आवाज़ आई। दोपहर की गिनती का समय होने वाला था। कुछ कैदी उठने लगे। प्रांगण में हलचल बढ़ने लगी। दोपहर की गिनती समाप्त होने के बाद कैदियों को फिर कुछ समय के लिए प्रांगण में रहने दिया गया।

सूरज अब सिर के ठीक ऊपर था। सुबह की नरम धूप की जगह अब एक कठोर उजाला फैल चुका था। जेल की ऊँची दीवारों पर पड़ती धूप सफ़ेद चमक रही थी। पीपल के पेड़ की छाया सिकुड़कर छोटी हो गई थी। उसकी जड़ों के पास बैठा अमन अपनी हथेलियों के बीच कुछ सूखी मिट्टी मसल रहा था। आरव ने पहली बार ध्यान दिया कि आज अमन बार-बार अपनी उँगलियों को देख रहा था। जैसे किसी पुरानी स्मृति का संबंध उसकी हथेलियों से हो। फिर उसने सोचा, शायद वह ज़्यादा सोच रहा है। आख़िर कल सुबह...

वह आगे नहीं सोच पाया।

कुछ देर तक दोनों चुप बैठे रहे। फिर आरव ने धीरे से पूछा "उन लोगों से रौशन कभी मिला था?"

अमन के चेहरे पर एक अजीब मुस्कान आई।

"मिला था और शायद यही हमारी कहानी का सबसे दुखद हिस्सा है।" उसने मिट्टी झाड़कर हाथ साफ किए। फिर दूर दीवार की ओर देखने लगा।

"एक शाम की बात है। बरसात का मौसम था। शाम जल्दी उतर आती थी उन दिनों। मैं कमरे पर पहुँचा तो देखा रौशन पहले से बैठा था। उसके सामने किताब खुली हुई थी। लेकिन वह पढ़ नहीं रहा था। बस खिड़की के बाहर देख रहा था।"

अमन कुछ क्षण रुका।

"जैसे आज सुबह मैं रोशनदान के बाहर देख रहा था।"

फिर उसने खुद ही बात आगे बढ़ा दी।

"मैं कमरे में घुसा। उसने मेरी तरफ देखा और बोला 'आजकल बड़े व्यस्त रहने लगे हो।' मैंने हँसकर कहा 'तुमसे कम।' लेकिन वह नहीं हँसा। मैं समझ गया कि वह कुछ कहना चाहता है। फिर उसने पूछा 'ये नए दोस्त कौन हैं तुम्हारे?' मैंने कहा 'दोस्त हैं।' 'तुम्हारे जैसे ही।' वह कुछ देर चुप रहा। फिर बोला 'नहीं। मेरे

जैसे नहीं हैं।' उस समय उसकी बात मुझे बुरी लगी। बहुत बुरी।"

"क्यों?"

आरव ने पूछा। अमन हल्का-सा हँसा।

"क्योंकि जवान आदमी को सलाह नहीं चाहिए होती। उसे अपनी समझदारी पर मुहर चाहिए होती है और मुझे लगा कि रौशन मुझे बच्चा समझ रहा है।"

अमन की आँखें अब कहीं दूर थीं।

"उस रात हम पहली बार ज़ोर से बहस किए थे। बहुत ज़ोर से।"

"विषय क्या था?"

"विषय कोई एक नहीं था। ऐसी बहसों में कभी विषय एक नहीं होता। वह धीरे-धीरे जीवन-दर्शन की बहस बन जाती है। मैं उसे समझा रहा था कि समाज को मज़बूत पहचान चाहिए। वह मुझे समझा रहा था कि समाज को मज़बूत इंसान चाहिए। मैं कह रहा था

'अगर अपने लोगों की रक्षा नहीं करेंगे तो कौन करेगा?' वह पूछ रहा था 'अपने लोग कौन?' मैं कह रहा था 'तुम जानते हो मैं किसकी बात कर रहा हूँ।' और वह बार-बार वही पूछ रहा था 'नहीं, सच में बताओ।' 'अपने लोग कौन?'

अमन कुछ देर के लिए चुप हो गया।

फिर उसने बहुत धीमे स्वर में कहा "आज समझता हूँ कि वह प्रश्न नहीं पूछ रहा था। वह मुझे बचाने की कोशिश कर रहा था। हवा का एक झोंका आया।

पीपल के दो सूखे पत्ते उनके बीच आकर गिरे।

"उस रात बहस का कोई निष्कर्ष नहीं निकला। लेकिन उसके बाद सब बदल गया।"

"कैसे?"

"मैंने पहली बार महसूस किया कि मैं रौशन से सहमत नहीं हूँ। और उससे भी बड़ी बात मैंने पहली बार महसूस किया कि मैं चाहता हूँ कि वह गलत साबित हो।"

आरव ने उसकी ओर देखा। यह वाक्य साधारण नहीं था। दोस्ती का टूटना असहमति से शुरू नहीं होता। वह उस क्षण शुरू होता है जब हम सामने वाले की बात समझना नहीं, उसे हराना चाहते हैं। अमन अब धीमे-धीमे बोल रहा था। मानो हर शब्द उसके भीतर से खिंचकर बाहर आ रहा हो।

"उसके बाद मैंने बहसों में जीतना शुरू कर दिया।"

आरव ने आश्चर्य से पूछा "मतलब?"

अमन मुस्कुराया। इस बार मुस्कान में दुख था।

"मतलब मैंने सुनना बंद कर दिया और जो आदमी सुनना बंद कर देता है उसे हमेशा लगता है कि वही जीत रहा है।"

कुछ देर दोनों चुप रहे। प्रांगण में अब कैदियों की आवाज़ें बढ़ गई थीं। कोई ताश खेल रहा था। कोई झगड़ रहा था। कोई ऊँघ रहा था। लेकिन अमन की आवाज़ अब भी साफ़ सुनाई दे रही थी।

"उस समय मुझे लगता था कि मैं रौशन को बदल दूँगा। उसे समझा दूँगा। उसे सही रास्ते पर ले आऊँगा।"

उसने सिर झुका लिया।

"मुझे क्या पता था कि धीरे-धीरे मैं उसे दोस्त नहीं समस्या समझने लगा था।"

यह कहते हुए पहली बार उसकी आवाज़ टूट गई और आरव ने महसूस किया वे अब उस जगह पहुँच रहे हैं जहाँ विचारों की लड़ाई दोस्ती को खा जाती है और जहाँ से लौटना अक्सर संभव नहीं होता।

दोपहर ढलने लगी थी। सूरज अब पश्चिम की ओर झुक रहा था। जेल की ऊँची दीवारों की परछाइयाँ धीरे-धीरे लंबी होने लगी थीं। पीपल का पेड़, जो कुछ घंटे पहले तक प्रांगण के बीचोंबीच खड़ा दिखाई देता था, अब अपनी छाया को फैलाकर आधे मैदान को ढकने लगा था। हवा में एक अजीब-सी सुस्ती थी। कुछ कैदी दीवार से पीठ टिकाकर ऊँघ रहे थे। कुछ छोटे-छोटे झुंड बनाकर बैठे थे। कहीं धीमी आवाज़ में बातचीत चल रही थी। कहीं कोई अपने मुकदमे को कोस रहा था। कहीं कोई रिहाई के सपने देख रहा था। लेकिन आरव और अमन जैसे इस सारी दुनिया से अलग बैठे थे। आरव अब यह भी भूलने लगा था कि

वह जेल में है। उसे लग रहा था जैसे वह किसी पुराने समय की कहानी सुन रहा हो। ऐसी कहानी जिसका अंत वह जानता है लेकिन फिर भी उसे सुनने से खुद को रोक नहीं पा रहा। कुछ देर तक अमन चुप रहा। फिर उसने खुद ही कहना शुरू किया।

"जानते हो आरव दोस्ती एक दिन में नहीं टूटती और नफ़रत भी एक दिन में पैदा नहीं होती। दोनों बहुत धीरे-धीरे होती हैं।"

उसने ज़मीन से एक सूखा पत्ता उठाया। उसे उँगलियों के बीच घुमाने लगा।

"हम दोनों अब भी एक ही कमरे में रहते थे। एक ही चूल्हे पर खाना बनाते थे। एक ही घड़े का पानी पीते थे। लेकिन कुछ बदल चुका था। अब हर बातचीत बहस बन जाती थी और हर बहस जीत-हार।"

आरव ध्यान से सुन रहा था।

"एक रात की बात है। बहुत गर्मी थी। बिजली फिर चली गई थी। कमरे में घुटन थी। हम दोनों छत पर चले गए।"

अमन की आँखें जैसे उस दृश्य को फिर से देख रही थीं।

"पूरा शहर नीचे फैला हुआ था। दूर-दूर तक पीली रोशनियाँ। कहीं मंदिर की घंटियाँ। कहीं मस्जिद से आती अज़ान। कहीं कुत्तों का भौंकना और ऊपर आसमान। बहुत साफ़। बहुत बड़ा।"

वह कुछ क्षण चुप हो गया। फिर बोला "रौशन तारों को देख रहा था और मैं शहर को।"

आरव ने गौर किया। यह केवल दृश्य नहीं था। यह प्रतीक था। दोनों की सोच का। अमन ने आगे कहा "अचानक मैंने उससे पूछा 'तुम्हें कभी डर नहीं लगता?' वह बोला 'किस बात का?' 'इतने लोगों से लड़ते हो।' 'इतने आंदोलनों में जाते हो।' 'कभी कुछ हो गया तो?' वह हँसा। सच कह रहा हूँ आरव...वह आदमी बहुत हँसता था।"

अमन के चेहरे पर एक क्षण के लिए मुस्कान आई और उतनी ही जल्दी गायब भी हो गई।

"फिर उसने कहा—'डरता हूँ।' मैं चौंक गया। तो फिर करते क्यों हो ये सब?' वह कुछ देर चुप रहा। 'क्योंकि अगर डर ही तय करेगा कि मैं क्या करूँगा..तो फिर

जीने और कैद होने में फर्क क्या रह जाएगा?

अमन की आवाज़ धीरे हो गई।

"उस समय भी मुझे उसकी बात समझ नहीं आई थी।"

"और तुमने क्या कहा?"

आरव ने पूछा।

अमन ने एक लंबी साँस ली।

"मैंने कहा था– 'तुम दुनिया को बहुत आसान समझते हो।' 'कुछ लोग बदल नहीं सकते।'

'कुछ लोग दुश्मन होते हैं।'

"रौशन मेरी तरफ देखने लगा। 'और यह तुम्हें किसने बताया?'

'इतिहास ने।'

'इतिहास ने?'

"वह हँसा था।" 'इतिहास किताबों में नहीं होता अमन। इतिहास इंसानों में होता है। जिस दिन तुम किसी इंसान को पढ़ना छोड़कर सिर्फ उसकी पहचान पढ़ने लगोगे...उस दिन तुम उसे खो दोगे।'

प्रांगण में बैठे-बैठे अमन अचानक चुप हो गया। बहुत देर तक। इतनी देर तक कि आरव को लगा शायद कहानी यहीं रुक गई। लेकिन फिर उसने देखा अमन की उँगलियाँ काँप रही थीं। बहुत हल्का। लगभग अदृश्य।

"जानते हो..." उसने धीरे से कहा।

"आज इतने साल बाद भी मुझे उसकी कही हुई हर बात याद है। एक-एक शब्द। लेकिन उस रात मैंने एक भी बात नहीं सुनी थी।"

सूरज अब दीवार के पीछे उतरने लगा था। प्रांगण में लंबी छायाएँ फैल गई थीं। दूर खड़ा पहरेदार ऊबकर जंभाई ले रहा था। एक कौवा उड़कर पीपल की शाख पर आ बैठा और उसी समय जेल की शाम वाली सीटी बजी। तीखी लंबी। दिन समाप्त होने का संकेत।

कैदियों को वापस बैरकों की ओर लौटना था। अमन धीरे-धीरे खड़ा हुआ। आज पहली बार उसकी उम्र उसकी असली उम्र से कहीं ज़्यादा लग रही थी। जैसे वह पच्चीस-तीस साल नहीं बल्कि सौ साल की थकान अपने भीतर लिए घूम रहा हो। चलते-चलते उसने अचानक कहा "उसके बाद सब बहुत जल्दी हुआ, आरव।"

आरव ने उसकी तरफ देखा।

"इतना जल्दी कि कभी-कभी आज भी यकीन नहीं होता कि वह सब सच था।"

कुछ क्षण रुककर उसने आगे कहा "अगले महीने शहर में एक बड़ा आंदोलन शुरू हुआ और पहली बार रौशन उसका चेहरा बन गया।"

उसकी आवाज़ में कुछ बदल गया था। अब यादों की गर्माहट कम हो रही थी और आने वाले अंधेरे की ठंडक बढ़ रही थी।

शाम की गिनती हो चुकी थी। कैदियों की लंबी कतारें फिर से बैरकों की ओर लौट रही थीं। दिन भर की आवाज़ें धीरे-धीरे थमने लगी थीं। जेल का प्रांगण, जो कुछ देर पहले तक लोगों से भरा हुआ था, अब खाली

होने लगा था। पीपल के नीचे पड़ी धूप पूरी तरह खिसक चुकी थी। केवल सूखे पत्ते बचे थे और कुछ पैरों के निशान।

आरव और अमन भी अपनी कोठरी की ओर बढ़ रहे थे। बीच-बीच में पहरेदारों की आवाज़ें सुनाई देतीं। लोहे के दरवाज़े बंद होने की खनखनाहट सुनाई देती। कहीं कोई कैदी गाली दे रहा था। कहीं कोई हँस रहा था। कहीं कोई भगवान को याद कर रहा था।

लेकिन आज आरव को लग रहा था कि पूरा जेल किसी अनजानी प्रतीक्षा में है। जैसे सबको पता हो कि कल सुबह क्या होने वाला है और शायद सब उस बारे में सोचने से बच रहे हों। कोठरी में पहुँचकर दोनों अपनी-अपनी जगह बैठ गए। कुछ देर तक कोई नहीं बोला। रोशनदान के बाहर आसमान का रंग बदल रहा था। नीले से बैंगनी। बैंगनी से स्याह। दूर कहीं कोई पक्षी अपने घोंसले की ओर लौट रहा था। अमन उसे देखता रहा। फिर अचानक बोला "जानते हो आरव कुछ घटनाएँ ऐसी होती हैं जिन्हें उस समय आदमी बहुत बड़ा समझता है और कुछ घटनाएँ ऐसी होती हैं जो उस समय मामूली लगती हैं लेकिन बाद में पता चलता है कि असली मोड़ वही था।"

आरव ने कुछ नहीं कहा। अब वह समझ चुका था कि जब अमन इस तरह बोलना शुरू करता है तो कोई महत्वपूर्ण स्मृति सामने आने वाली होती है। अमन ने

दीवार से सिर टिकाया और धीरे-धीरे कहना शुरू किया।

"शहर में उस समय एक बड़ा आंदोलन शुरू हुआ था। मज़दूरों का। ठेका कर्मचारियों का। कुछ लोगों को महीनों से वेतन नहीं मिला था। कुछ लोगों की ज़मीन का मामला था। कुछ लोग विस्थापन के खिलाफ़ थे। शुरुआत में यह सब मुझे उबाऊ लगता था। सच कहूँ तो मैं कभी समझ ही नहीं पाया था कि रौशन इन सबके पीछे अपनी पढ़ाई और ज़िंदगी क्यों बर्बाद कर रहा है। लेकिन फिर एक दिन उसका नाम अख़बार में छपा।"

आरव ने उसकी ओर देखा।

"पहली बार?"

"हाँ।"

अमन हल्का मुस्कुराया।

"वह सुबह मुझे आज भी याद है। मैं चाय लेकर कमरे में आया। रौशन अभी सो रहा था। मैंने अख़बार खोला और पहले ही पन्ने पर उसकी तस्वीर थी। बहुत बड़ी

नहीं। लेकिन साफ़। वह मंच पर खड़ा था। हाथ में माइक था और सामने सैकड़ों लोग। मैंने उसे जगाया। 'अबे उठ!' 'देख!' वह आधी नींद में अख़बार देखने लगा।"

"फिर क्या हुआ?"

आरव ने पूछा।

अमन हँस पड़ा। शायद उस दिन को याद करके।

"कुछ नहीं। 'अच्छा फोटो आया है।' बस इतना कहा और फिर करवट लेकर सो गया।"

आरव भी मुस्कुरा दिया।

"मुझे गुस्सा आ गया था। 'अबे पागल!' 'तू अख़बार में छपा है!' लेकिन उसे सचमुच कोई फर्क नहीं पड़ा। अमन की मुस्कान धीरे-धीरे गायब हो गई और शायद यहीं से समस्या शुरू हुई।"

"क्यों?"

"क्योंकि जिन लोगों के साथ मैं उठने-बैठने लगा था उन्होंने वही तस्वीर देखी।"

कोठरी में अचानक सन्नाटा गहरा गया। अमन की आवाज़ अब पहले जैसी सहज नहीं रही।

"उस शाम मैं उनके साथ बैठा था। उन्होंने अख़बार मेरी ओर बढ़ाया। 'ये तुम्हारा दोस्त है न?' मैंने कहा 'हाँ।' फिर उनमें से एक आदमी हँसा। (वह हँसी शायद आज भी अमन के कानों में थी।) 'बहुत बड़ा नेता बन रहा है।' दूसरा बोला 'नेता नहीं समस्या बन रहा है।' तीसरा बोला 'ऐसे लोग दिखते कुछ और हैं, करते कुछ और हैं।' और फिर..."

अमन कुछ क्षण चुप हो गया।

"और फिर उन्होंने रौशन के बारे में बातें करनी शुरू कीं।"

"कैसी बातें?"

"ऐसी बातें जो धीरे-धीरे किसी आदमी को इंसान से प्रतीक बना देती हैं। वह रौशन नहीं रहा। वह एक विचार बन गया। एक खतरा। एक दुश्मन और यही

सबसे खतरनाक चीज़ होती है, आरव।"

अमन की आँखें रोशनदान के अँधेरे चौकोर हिस्से पर टिक गईं।

"जिस दिन तुम किसी इंसान को इंसान की तरह देखना बंद कर देते हो उस दिन उसके साथ कुछ भी करना आसान हो जाता है।"

कोठरी के बाहर किसी पहरेदार के कदमों की आवाज़ गुज़री। फिर दूर कहीं किसी दरवाज़े के बंद होने की भारी ध्वनि गूँजी। अमन ने लंबी साँस ली।

"धीरे-धीरे उन्होंने मुझे समझाना शुरू किया कि रौशन जैसा दिखता है, वैसा है नहीं। वह भोला नहीं है। वह लोगों को भड़का रहा है। वह समाज को तोड़ रहा है और सबसे बड़ी बात... उन्होंने मुझे यह विश्वास दिलाना शुरू किया कि वह उसे उससे बेहतर जानते हैं।"

आरव ने भौंहें सिकोड़ लीं।

"जबकि तुम बचपन से उसे जानते थे।"

अमन हँसा। लेकिन वह हँसी बेहद कड़वी थी।

"हाँ और यही बात मैं समझ नहीं पाया। बचपन का दोस्त मुझे कम समझ में आता था और वे लोग ज़्यादा।"

कुछ देर दोनों चुप रहे।

रात अब पूरी तरह उतर चुकी थी। रोशनदान में केवल अँधेरा दिखाई दे रहा था। अमन ने धीरे से कहा—

"फिर एक दिन रौशन और मेरी वह बहस हुई जिसके बाद हम दोनों कभी पहले जैसे नहीं रहे।"

उसने आँखें बंद कर लीं। जैसे वह उस कमरे में लौट रहा हो। उस बरसाती शाम में। उस आख़िरी बहस में। जहाँ दो दोस्त अभी भी एक-दूसरे को बचाना चाहते थे लेकिन दोनों को पता नहीं था कि वे पहले ही एक-दूसरे से बहुत दूर निकल चुके हैं।

रात गहरा चुकी थी। जेल की बैरक में अब लगभग सन्नाटा था। कहीं दूर कोई कैदी नींद में कुछ बड़बड़ा रहा था।

कहीं किसी की खाँसी की आवाज़ बीच-बीच में अँधेरे को चीर जाती थी। रोशनदान के बाहर अब कुछ दिखाई नहीं देता था। सिर्फ़ काला आसमान और उस कालेपन के बीच कभी-कभार चमकता कोई अकेला तारा।

अमन काफी देर तक चुप रहा। आरव ने उसे नहीं टोका। उसे महसूस हो रहा था कि अमन जिस स्मृति तक पहुँचने वाला है, वहाँ शब्दों को जल्दी नहीं करनी चाहिए।

आख़िर अमन ने धीरे से कहना शुरू किया।

"उस दिन बारिश हो रही थी। सुबह से लगातार। शहर की सड़कें कीचड़ से भर गई थीं। नालियाँ उफन रही थीं। आसमान ऐसा लग रहा था जैसे किसी ने सूरज को कहीं बंद कर दिया हो। मैं कमरे में पहुँचा तो रौशन पहले से था। वह खिड़की के पास बैठा हुआ था। एक किताब खुली थी उसके सामने। लेकिन वह पढ़ नहीं रहा था। बारिश देख रहा था।"

अमन की आवाज़ में एक थकान थी। जैसे यह दृश्य वह हज़ार बार याद कर चुका हो।

"मैं अंदर गया। बैग पटक दिया और चुपचाप बैठ गया। कुछ देर तक कोई कुछ नहीं बोला।"

फिर उसने पूछा "आजकल तुम उन लोगों के साथ बहुत दिखते हो।

मैं समझ गया कि बात कहाँ जाने वाली है। तो? कुछ नहीं। बस पूछ रहा हूँ। उसका यही अंदाज़ था। वह कभी आरोप नहीं लगाता था। बस सवाल पूछता था और उस समय मुझे उसके सवालों से नफ़रत होने लगी थी।"

"क्यों?"

आरव ने पूछा।

अमन ने हल्की हँसी हँसी।

"क्योंकि सवाल आदमी को सोचने पर मजबूर करते हैं और जब आदमी किसी विचार से मोहब्बत करने लगे

तो वह सोचना नहीं चाहता।"

कोठरी में कुछ क्षण के लिए सन्नाटा छा गया।

फिर अमन आगे बोला "कम-से-कम वे लोग कुछ कर तो रहे हैं। मैंने उससे कहा था। तुम्हारी तरह सिर्फ़ भाषण नहीं देते।"

"रौशन ने मेरी तरफ देखा।"

'और क्या कर रहे हैं?'

'समाज को बचा रहे हैं।' मैंने बिना सोचे जवाब दिया था।

"वह मुस्कुराया।"

'समाज को किससे बचा रहे हैं?'

'तुम जानते हो।'

‘नहीं। मैं सच में जानना चाहता हूँ।’

"अब मुझे गुस्सा आने लगा था।"

‘कुछ लोग हैं जो इस देश को कमजोर कर रहे हैं।’

‘कौन लोग?’

‘तुम्हें सब पता है।’

‘नहीं। नाम लेकर बताओ।’

अमन कुछ देर चुप हो गया।

"आज सोचता हूँ वह मुझे बहस में हराना नहीं चाहता था। वह चाहता था कि मैं अपने ही शब्दों को सुनूँ। लेकिन उस समय मुझे लगा कि वह मेरा मज़ाक उड़ा रहा है।"

"फिर?"

आरव ने पूछा।

अमन ने धीरे से सिर उठाया।

"फिर मैंने वही सब कहना शुरू किया जो महीनों से सुन रहा था।"

"इतिहास।"

"धर्म।"

"गौरव।"

"खतरा।"

"दुश्मन।"

"मैं बोलता जा रहा था।"

"बहुत देर तक।"

"और रौशन?"

"वह सुन रहा था। बस सुन रहा था।"

कुछ पल बीत गए।

"जब मैं चुप हुआ तो उसने बहुत धीरे से पूछा 'अमन, तुम आख़िरी बार किसी ऐसे आदमी से कब मिले थे जिससे तुम्हें डरने को कहा जाता है?'

"मैं समझा नहीं। मतलब? "

मतलब, तुम्हें जिनसे नफ़रत करना सिखाया जा रहा है उनमें से किसी के साथ तुमने आख़िरी बार खाना कब खाया था? किसी के घर कब गए थे? किसी की परेशानी सुनी थी? किसी की मदद की थी?'

अमन की आँखें झुक गईं।

"और जानते हो सबसे बुरी बात क्या थी?"

आरव चुप रहा।

"मेरे पास कोई जवाब नहीं था। एक भी नहीं। मैं जिन लोगों के बारे में घंटों बोल सकता था मैं उनमें से किसी को जानता तक नहीं था।"

रोशनदान से आती ठंडी हवा का एक झोंका कोठरी में घुसा।

अमन ने अपनी उँगलियों को आपस में कस लिया।

"लेकिन आदमी जब किसी बात में बहुत दूर निकल जाए तो वह रुकता नहीं। वह और तेज़ दौड़ने लगता है। मैं भी वही कर रहा था। तुम नहीं समझोगे। मैंने उससे कहा था। तुम्हारी समस्या यही है। तुम सबको अच्छा समझते हो। दुनिया इतनी सरल नहीं है। रौशन हँसा नहीं। पहली बार नहीं हँसा। वह कुछ देर तक मुझे देखता रहा। फिर उसने कहा 'और तुम्हारी समस्या जानते हो क्या है?'

'क्या?'

'तुमने लोगों को देखना बंद कर दिया है। अब तुम्हें सिर्फ़ भीड़ दिखाई देती है। झंडे दिखाई देते हैं। नारे दिखाई देते हैं। इंसान नहीं।'

कोठरी में फिर सन्नाटा भर गया। अमन की आवाज़ अब लगभग फुसफुसाहट में बदल चुकी थी।

"उस रात हमारी बहस खत्म नहीं हुई थी, आरव। वह रात तो बस शुरुआत थी।"

उसने रोशनदान की ओर देखा। बाहर कहीं दूर सुबह से पहले वाला गहरा अँधेरा जमा हो रहा था।

"लेकिन उसी रात पहली बार मेरे मन में एक भयानक बात पैदा हुई थी।"

आरव का दिल जैसे एक क्षण के लिए रुक गया।

"क्या?"

अमन ने उत्तर देने में बहुत देर लगा दी।

फिर बोला "पहली बार मुझे लगा था कि शायद रौशन गलत नहीं है और यही बात मुझे सबसे ज़्यादा डराने लगी थी।"

रात बीत गई। लेकिन अमन को आज भी याद था कि उस रात नींद दोनों में से किसी को नहीं आई थी।

जेल की कोठरी में बैठे हुए उसने कुछ देर तक चुपचाप फर्श को देखा। जैसे वहाँ कोई अदृश्य रेखा खिंची हो। आरव ने उसे नहीं टोका।

बाहर कहीं पहरेदार की सीटी बजी। फिर सन्नाटा।

अमन ने धीरे से कहना शुरू किया "अजीब बात है, आरव। ज़िंदगी में कुछ रातें ऐसी होती हैं जिनमें कुछ होता नहीं। कोई लड़ाई नहीं होती। कोई हादसा नहीं होता। कोई खून नहीं बहता। लेकिन बाद में समझ आता है कि उसी रात सब कुछ बदल गया था। उस बहस के बाद हम दोनों एक ही कमरे में थे। लेकिन पहली बार मुझे लगा कि हमारे बीच कोई तीसरा भी मौजूद है।"

"कौन?"

अमन ने सिर उठाया।

"विचार। रौशन अपनी चारपाई पर लेटा था। मैं अपनी पर। बीच में मुश्किल से पाँच-छह कदम की दूरी रही

होगी। लेकिन उस रात वह दूरी मीलों की लग रही थी।"

अमन की आँखें कहीं दूर चली गईं।

"सुबह उठे। साथ चाय पी। साथ कॉलेज गए। लेकिन पहली बार हम रास्ते भर चुप रहे। रौशन ने कोशिश की थी बात करने की। कल की बात दिल पर मत लेना। उसने हँसकर कहा था। तू वैसे भी बहस में बहुत बुरा है। पहले मैं भी हँस देता। लेकिन उस दिन नहीं हँसा क्योंकि मुझे लग रहा था कि वह मेरा मज़ाक उड़ा रहा है।"

आरव ने धीरे से पूछा "क्या सचमुच उड़ा रहा था?"

अमन मुस्कुराया।

"नहीं। लेकिन उस समय मुझे ऐसा ही लगा था। कभी-कभी आदमी सच से नहीं, अपने भ्रमों से बर्बाद होता है।"

कुछ क्षण दोनों चुप रहे।

"उसके बाद रौशन आंदोलनों में और व्यस्त हो गया और मैं..."

उसने गहरी साँस ली।

"मैं उन लोगों के और करीब चला गया। वे मुझे महत्व देते थे। मेरी बातें सुनते थे। मुझे लगता था कि मैं किसी बड़े उद्देश्य का हिस्सा हूँ और जवान आदमी को सबसे ज़्यादा क्या चाहिए होता है जानते हो?"

आरव ने सिर हिलाया।

"महत्त्व। उसे लगता रहे कि वह ज़रूरी है कि उसकी कोई भूमिका है और वे लोग मुझे यही दे रहे थे।"

अमन की आवाज़ में अब पछतावे से ज़्यादा थकान थी।

"धीरे-धीरे मैंने उनके साथ बैठना शुरू कर दिया। बैठकें होने लगीं। घंटों बातें होतीं और हर बैठक का निष्कर्ष एक ही होता। देश खतरे में है। समाज खतरे में है। संस्कृति खतरे में है। मैं पूछता किससे? और हर बार जवाब अलग होता। लेकिन दुश्मन हमेशा कोई न कोई होता था।"

कोठरी में सन्नाटा गहरा गया। अमन धीरे से हँसा।

"आज सोचता हूँ अगर किसी विचारधारा को जीने के लिए लगातार दुश्मन चाहिए तो शायद समस्या दुश्मनों में नहीं होती।"

आरव ने देखा। अमन के चेहरे पर एक अजीब-सी शांति थी। जैसे वह अब खुद को बचाने की कोशिश नहीं कर रहा था।

"फिर एक दिन शहर में बड़ा प्रदर्शन हुआ, हज़ारों लोग थे, नारे लग रहे थे, बैनर थे, पुलिस थी और मंच पर रौशन।"

उसने यह नाम धीरे से लिया। बहुत धीरे। जैसे किसी मृत व्यक्ति का नाम लिया जाता है।

"मैं भी वहाँ था। लेकिन मंच के सामने नहीं। सड़क के दूसरी तरफ। उन लोगों के साथ।"

आरव कुछ समझने लगा था।

"फिर?"

"फिर कुछ नहीं। रौशन भाषण दे रहा था। डरो मत। हमें एकजुट रहना सीखना होगा, अपने अधिकार माँगना अपराध नहीं है। जो मेहनत करता है उसे उसका हक़ मिलना चाहिए। बस ऐसी बातें और मैं भीड़ में खड़ा उसे देख रहा था। अचानक मुझे एहसास हुआ कि मैं उसे सुन नहीं रहा था। मैं सिर्फ़ यह सोच रहा था कि वह गलत है और उसी क्षण मुझे पहली बार उससे गुस्सा आया।"

अमन ने आँखें बंद कर लीं।

"बहुत गुस्सा। बिना किसी कारण के या शायद किसी ऐसे कारण से जिसे मैं खुद भी नहीं समझता था।"

बाहर से रात की गिनती की तैयारी की आवाज़ें आने लगी थीं। लोहे की सलाखों से टकराती चाबियों की खनक। दूर से आती हिम्मत सिंह की भारी आवाज़।

अमन ने उधर ध्यान नहीं दिया।

"उस शाम मैं कमरे पर लौटा। रौशन देर से आया। हम दोनों ने खाना खाया और पहली बार हमने एक-दूसरे से लगभग कुछ नहीं कहा।"

कोठरी में फिर सन्नाटा छा गया।

"जानते हो, आरव! किसी दोस्ती का अंत गोली चलने से नहीं होता। उसका अंत उस दिन शुरू हो जाता है जब दो लोग एक-दूसरे की बात सुनना बंद कर देते हैं।"

आरव ने कुछ नहीं कहा क्योंकि उसे लग रहा था कि अब कहानी उस जगह पहुँच गई है जहाँ से वापस लौटना संभव नहीं।

बाहर गलियारे में हिम्मत सिंह की आवाज़ और नज़दीक आती जा रही थी।

गलियारे में जूतों की आवाज़ गूँज रही थी। धीमी, भारी और पहचानने में आसान।

आरव ने सिर उठाया।

"हिम्मत सिंह।"

अमन ने कुछ नहीं कहा। जैसे उसे पहले से पता हो। कुछ क्षण बाद लोहे की सलाखों के सामने एक छाया आकर रुकी। फिर चाबियों का गुच्छा खनका।

हिम्मत सिंह वहीं खड़ा था। आज उसकी आँखों में सामान्य दिनों से भी अधिक चमक थी। उस चमक में क्रूरता थी और एक विचित्र उत्सुकता भी। जैसे कोई बच्चा किसी तमाशे का इंतज़ार कर रहा हो। उसने सलाखों के बीच से भीतर झाँका। पहले आरव को देखा। फिर अमन को और होंठों के किनारों पर एक टेढ़ी मुस्कान फैल गई।

"तो जनाब..."

उसने लंबी साँस खींची।

"आख़िरी रात शुरू हो गई।"

कोठरी में सन्नाटा छा गया। आरव का गला सूख गया। अमन फिर भी शांत बैठा रहा। उसी तरह। जैसे यह बात किसी और के बारे में कही गई हो। हिम्मत सिंह ने सलाखों पर डंडा पटका।

ठनSSSSक!

आवाज़ पूरी बैरक में फैल गई।

"सुन रहे हो न? कल सूरज निकलने से पहले तैयार रहना। बहुत इंतज़ार कराया है तुमने सरकार को।"

वह खुद ही अपनी बात पर हँसा।

"पता नहीं क्या सोचकर पैदा होते हैं तुम लोग। पहले खून करो। फिर अदालत जाओ। फिर दया याचिका। फिर अपील। फिर पुनर्विचार और अंत में रोना।"

उसकी आँखें अब सीधे अमन पर थीं।

"लेकिन तुम बड़े अजीब निकले।"

"न रोए।"

"न गिड़गिड़ाए।"

"न भगवान को याद किया।"

"डर नहीं लगता?"

अमन ने पहली बार उसकी ओर देखा। बहुत शांत नज़रों से।

"लगता है।"

हिम्मत सिंह शायद किसी और जवाब की उम्मीद कर रहा था। वह क्षण भर के लिए चुप हो गया।

"तो फिर ऐसे बैठे क्यों हो?"

अमन ने उत्तर नहीं दिया। कुछ सेकंड तक दोनों एक-दूसरे को देखते रहे। फिर हिम्मत सिंह ने नाक सिकोड़ ली।

"पागल।"

वह बड़बड़ाया।

"सारे के सारे पागल।"

और फिर आगे बढ़ गया। उसके जूतों की आवाज़ धीरे-धीरे दूर चली गई। फिर गलियारे में सन्नाटा लौट आया।

काफ़ी देर तक कोई कुछ नहीं बोला। आरव सलाखों की ओर देखता रहा। जहाँ कुछ क्षण पहले हिम्मत सिंह खड़ा था।

फिर उसने धीरे से पूछा "सच में डर लगता है?"

अमन हल्का-सा मुस्कुराया।

"हर आदमी को लगता है।"

"मरने से?"

"नहीं।"

अमन ने सिर हिलाया।

"याद किए जाने से।"

आरव समझा नहीं। अमन दीवार से पीठ टिकाकर बैठ गया।

"मरना उतना कठिन नहीं है जितना लोग समझते हैं। कठिन यह है कि लोग तुम्हें किस रूप में याद रखेंगे। हत्यारे की तरह या इंसान की तरह।"

कोठरी में कुछ देर के लिए फिर सन्नाटा छा गया। बाहर रात और गहरी हो गई थी। रोशनदान में अब एक छोटा-सा तारा दिखाई दे रहा था।

अमन उसे देखता रहा। फिर बोला "जानते हो आरव! रौशन की सबसे बड़ी ताक़त क्या थी?"

आरव ने सिर हिलाया।

"वह किसी से नफ़रत नहीं कर पाता था।"

यह कहते हुए उसके चेहरे पर दर्द उभरा। पहली बार इतना स्पष्ट।

"और मेरी सबसे बड़ी कमजोरी?"

वह खुद ही मुस्कुराया।

"मैं नफ़रत को कर्तव्य समझ बैठा था।"

आरव चुप रहा। अमन ने लंबी साँस ली।

"उस आंदोलन के कुछ हफ्ते बाद मैं बदल चुका था। पूरी तरह नहीं। लेकिन इतना कि रौशन मुझे पहचान नहीं पाता था और शायद मैं खुद को भी नहीं।"

वह कुछ क्षण रुका। जैसे अगला दृश्य उसके भीतर अब भी ज़िंदा हो।

"एक शाम मैं कमरे में लौटा। रौशन किताब पढ़ रहा था। मैंने दरवाज़ा बंद किया और बहुत देर तक उसे देखता रहा। वह कुछ समझ नहीं पाया। फिर

बोला—'क्या हुआ?' और पहली बार...पहली बार मेरे मन में यह विचार आया कि शायद वह दुश्मन है।"

यह कहते ही अमन चुप हो गया। इतना चुप कि केवल उनकी साँसों की आवाज़ सुनाई देने लगी। आरव के शरीर में एक सिहरन दौड़ गई क्योंकि उसने महसूस किया अब कहानी उस मोड़ पर पहुँच चुकी है जहाँ विचार आदमी को भीतर से खा जाता है और जहाँ से त्रासदी की उलटी गिनती शुरू हो जाती है।

बाहर कहीं दूर रात का पहरा बदला और कोठरी के भीतर दो आदमी अँधेरे में बैठे रहे। एक अपनी मृत्यु की प्रतीक्षा में और दूसरा उस कहानी के अंत की प्रतीक्षा में, जिसे सुनने के बाद शायद वह कभी पहले जैसा नहीं रह पाएगा।

रात बहुत आगे बढ़ चुकी थी। जेल की बैरक अब लगभग पूरी तरह शांत थी। दूर कहीं कोई जंजीर खनकी। फिर सब कुछ थम गया।

रोशनदान के बाहर आसमान में अब केवल कुछ तारे बचे थे। उनमें से भी कई बादलों के पीछे छिपते-उभरते रहते थे।

आरव अपनी चारपाई पर बैठा था। लेकिन उसका ध्यान कहीं और था। उसे लग रहा था कि वह अब जेल की कोठरी में नहीं, बल्कि उस पुराने किराए के कमरे में बैठा है। जहाँ दो दोस्त एक साथ रहते थे। एक ही चूल्हे पर खाना बनाते थे। एक-दूसरे के बुखार में रात भर जागते थे और जिन्हें अभी तक यह नहीं पता था कि उनकी दोस्ती का अंत किस रूप में लिखा जा चुका है।

अमन काफी देर तक चुप रहा। फिर धीरे-धीरे बोला "तुमने कभी गौर किया है, आरव कि आदमी अचानक नहीं बदलता। लोग कहते हैं कि फलाँ आदमी एक दिन में कट्टर हो गया। एक दिन में अपराधी बन गया। एक दिन में हत्यारा बन गया।"

उसने सिर हिलाया।

"नहीं। ऐसा कभी नहीं होता। पहले विचार बदलते हैं। फिर शब्द बदलते हैं। फिर दोस्त बदलते हैं और सबसे अंत में आदमी बदलता है।"

आरव चुपचाप सुनता रहा।

"उस समय तक मेरे नए दोस्त मुझे अपने बीच पूरी तरह स्वीकार कर चुके थे। उनकी बैठकों में मैं आगे

बैठता था। मेरी राय पूछी जाती थी। मेरी पीठ थपथपाई जाती थी। मुझे लगता था कि मैं किसी बड़ी लड़ाई का हिस्सा हूँ।"

अमन के चेहरे पर एक कड़वी मुस्कान आई।

"और हर बड़ी लड़ाई को एक दुश्मन चाहिए होता है।"

वह कुछ क्षण चुप रहा।

"धीरे-धीरे उन्होंने मुझे यह विश्वास दिलाना शुरू किया कि रौशन भोला नहीं है। वह जानबूझकर लोगों को भड़का रहा है। वह व्यवस्था को कमजोर कर रहा है। वह देश के खिलाफ़ काम कर रहा है और जानते हो सबसे भयानक बात क्या थी?"

आरव ने उसकी ओर देखा।

"वे कभी यह नहीं कहते थे कि उससे नफ़रत करो। वे कहते थे कि उससे सावधान रहो। वे कहते थे कि वह ख़तरा है और आदमी जब किसी को ख़तरा मान लेता है तो नफ़रत अपने आप पैदा हो जाती है।"

कोठरी में कुछ देर सन्नाटा रहा। फिर अमन ने आगे कहना शुरू किया।

"एक दिन मैं कमरे में लौटा। रौशन मेज़ पर बैठा कुछ लिख रहा था।

मैंने पूछा— 'क्या लिख रहे हो?' वह मुस्कुराया।

'भाषण।'

'फिर आंदोलन?'

'हाँ।'

"मैंने पहली बार उसके लिए अपने भीतर झुंझलाहट महसूस की। बिना किसी वजह। उसका बैठना भी मुझे गलत लग रहा था। उसका बोलना भी। उसका मुस्कुराना भी।"

अमन ने अपनी आँखें बंद कर लीं।

"आज सोचता हूँ असल में मुझे उससे नहीं अपने आप से परेशानी थी क्योंकि मेरे भीतर कहीं एक छोटा-सा

हिस्सा अब भी जानता था कि रौशन बुरा आदमी नहीं है और उस हिस्से को चुप कराने के लिए मुझे और गुस्सा चाहिए था।"

आरव ने धीरे से पूछा "क्या रौशन को कुछ महसूस होने लगा था?"

अमन ने तुरंत जवाब नहीं दिया। फिर बोला "हाँ, बहुत पहले से। लेकिन वह उम्मीद नहीं छोड़ता था।"

उसकी आवाज़ भर्रा गई।

"वह आख़िरी दिन तक उम्मीद करता रहा कि मैं वापस आ जाऊँगा।"

बाहर कहीं एक उल्लू की आवाज़ सुनाई दी। फिर से सन्नाटा। अमन ने रोशनदान की ओर देखा।

"एक शाम हम दोनों खाना खा रहे थे। अचानक उसने कहा—अमन, कभी-कभी मुझे तेरी चिंता होती है। बस इतना। बहुत साधारण वाक्य था। लेकिन मुझे गुस्सा आ गया। मेरी चिंता मत करो। अपनी करो। मैंने लगभग झिड़क दिया था उसे। रौशन चुप हो गया। बहुत देर तक चुप रहा। फिर उसने केवल एक बात

कही।"

अमन यहाँ रुक गया। बहुत देर तक। इतनी देर कि आरव को लगा शायद वह आगे नहीं बोल पाएगा।

फिर उसने फुसफुसाकर कहा 'जिस रास्ते पर तू जा रहा है न उसके अंत में जीत नहीं है। सिर्फ़ अकेलापन है।'

कोठरी में गहरा सन्नाटा भर गया। अमन की आँखें अब रोशनदान पर नहीं थीं। वे कहीं बहुत दूर थीं। शायद उसी छोटे कमरे में। उसी मेज़ के पास। जहाँ रौशन बैठा था और शायद आख़िरी बार अपने दोस्त को बचाने की कोशिश कर रहा था। अमन ने धीरे से सिर झुका लिया।

फिर बोला "और अगले दिन सब कुछ बदल गया।"

आरव ने देखा। अमन के हाथ हल्के-हल्के काँप रहे थे।

रात बीत चुकी थी। कोठरी की दीवारों पर भोर की हल्की-सी रोशनी उतरने लगी थी। यह वही सुबह थी। अमन की फाँसी से पहले की आख़िरी सुबह।

जेल धीरे-धीरे जाग रहा था। कहीं बाल्टियाँ घिसट रही थीं। कहीं ताले खुल रहे थे। कहीं पहरेदारों की भारी आवाज़ें गूँज रही थीं। लेकिन कोठरी के भीतर बैठे दोनों आदमियों के लिए समय जैसे किसी और गति से चल रहा था। आरव ने देखा। अमन पूरी रात नहीं सोया था। उसकी आँखों के नीचे काले घेरे और गहरे हो गए थे। लेकिन आश्चर्य की बात यह थी कि उसके चेहरे पर घबराहट नहीं थी। थकान थी, पछतावा था और एक अजीब-सी शांति थी। जैसे कोई आदमी बहुत लंबी यात्रा के अंत में पहुँच गया हो। कुछ देर तक दोनों चुप बैठे रहे। फिर अमन ने खुद ही कहना शुरू किया।

"उस रात के बाद अगली सुबह बिल्कुल सामान्य थी। इतनी सामान्य कि अगर कोई बाहर वाला देखता तो कहता कि सब ठीक है। रौशन हमेशा की तरह जल्दी उठ गया था। उसने चाय बनाई। मेरे लिए भी। मैं चारपाई पर बैठा उसे देखता रहा। जानते हो, आरव! जब आदमी किसी से नफ़रत करने लगता है तो सबसे पहले उसकी अच्छाइयाँ दिखाई देना बंद हो जाती हैं। लेकिन उस सुबह मुझे उसकी हर छोटी बात दिखाई दे रही थी। चाय बनाते समय उसका गुनगुनाना। किताबों को करीने से रखना। खिड़की खोलते समय बाहर झाँकना और शायद यही बात मुझे और बेचैन कर रही थी।"

"क्यों?" आरव ने पूछा। अमन कुछ पल चुप रहा।

"क्योंकि मैं उसे राक्षस बनाना चाहता था। लेकिन वह इंसान बना हुआ था।"

कोठरी में सन्नाटा फैल गया।

"दोपहर तक मैं बाहर रहा। उन लोगों के साथ। बैठक हुई। बहुत बातें हुईं और फिर पहली बार किसी ने सीधे उसका नाम लिया।"

आरव का ध्यान एकदम केंद्रित हो गया।

"रौशन का?"

"हाँ।"

अमन की आवाज़ भारी हो गई।

"उन्होंने कहा कि वह आंदोलन को और बड़ा बनाने वाला है। शहर में अशांति फैलेगी। लोग भड़केंगे। फिर किसी ने कहा— 'ऐसे लोगों को समय रहते रोकना पड़ता है।'

अमन चुप हो गया।

"और उस वाक्य ने मेरे भीतर कुछ बदल दिया।"

"क्या?"

"मैंने पहली बार सोचना शुरू किया कि शायद सचमुच उसे रोका जाना चाहिए।"

जेल के बाहर किसी कौए की आवाज़ सुनाई दी। फिर दूर से गिनती की तैयारी की पुकार। अमन की आँखें अब भी कहीं अतीत में थीं।

"शाम को मैं कमरे पर लौटा। रौशन सो रहा था। उसकी किताब छाती पर खुली हुई थी। खिड़की से आती हवा पन्ने हिला रही थी। मैं बहुत देर तक दरवाज़े पर खड़ा उसे देखता रहा और उसी समय मैंने तय कर लिया कि उससे आख़िरी बार बात करूँगा।"

आरव की साँसें अनायास धीमी हो गईं।

"मैंने उसे जगाया। वह उठकर बैठ गया। 'क्या हुआ?' उसने पूछा। मैंने कहा– 'रौशन, ये सब छोड़ दे। आंदोलन। धरना। भाषण। सब। वह कुछ क्षण मुझे देखता रहा।

'क्यों?'

बस एक शब्द। लेकिन मेरे पास उसका जवाब नहीं था। मैंने फिर कहा 'क्योंकि बहुत बुरा होगा।' रौशन खड़ा हो गया और पहली बार उसकी आँखों में चिंता दिखाई दी। अपने लिए नहीं। मेरे लिए।"

अमन की आवाज़ काँप गई।

"अमन तू किन लोगों के बीच रहने लगा है? उसने पूछा। मैंने कोई जवाब नहीं दिया। फिर उसने धीरे से कहा– 'डर के कारण आदमी सच का साथ छोड़ दे तो फिर सच बचता कैसे है?'

अमन की आँखें बंद हो गईं।

"वह मुझे समझा रहा था। आख़िरी बार और मैं..."

उसने लंबी साँस ली।

"मैं सुन ही नहीं रहा था।"

कोठरी में फिर सन्नाटा भर गया। भोर की रोशनी अब दीवारों पर साफ़ दिखाई देने लगी थी।

अमन बहुत देर तक कुछ नहीं बोला। फिर धीरे से कहा "उस शाम मैं कमरे से निकल गया और जब वापस लौटा..."

वह यहीं रुक गया। आरव ने देखा। पहली बार अमन के चेहरे पर भय उभरा था। सिर्फ़ पछतावा नहीं। भय। जैसे कोई आदमी किसी गहरी खाई के किनारे पहुँच गया हो और नीचे झाँक रहा हो।

"जब वापस लौटा..."

अमन ने मुश्किल से कहा।

"तब मेरे पास वह चीज़ थी जिसने मेरी पूरी ज़िंदगी खत्म कर दी।"

और यह कहकर वह चुप हो गया। अमन कुछ देर तक चुप बैठा रहा।

रोशनदान से आती धुँधली रोशनी अब उसके चेहरे तक पहुँचने लगी थी। लेकिन उसकी आँखें अब भी कहीं दूर थीं। बहुत दूर। फिर उसने धीरे से कहा "याद है, मैंने कहा था उस शाम जब मैं कमरे में लौटा तो मेरे पास वह चीज़ थी जिसने मेरी पूरी ज़िंदगी खत्म कर दी।"

आरव चुपचाप सुनता रहा।

"सच कहूँ तो, आरव... वह चीज़ मेरे हाथ में उस दिन नहीं आई थी। वह तो बहुत पहले मेरे भीतर आ चुकी थी। उस शाम मैं बस उसे अपने साथ लेकर कमरे तक पहुँचा था। सीढ़ियाँ चढ़ते समय मुझे ऐसा लग रहा था जैसे मैं दो आदमी हूँ। एक आदमी ऊपर जाना चाहता था। दूसरा आदमी भाग जाना चाहता था। एक कह रहा था— 'आज फैसला कर दे।' दूसरा कह रहा था— 'पागल मत बन' और जितना मैं कमरे के करीब पहुँच रहा था उतनी ही ज़ोर से दोनों आवाज़ें लड़ रही थीं। फिर मैं दरवाज़े तक पहुँचा। दरवाज़ा आधा खुला था। अंदर रौशन था। वही कमरा। वही मेज़। वही किताबें। वही आदमी। लेकिन मुझे लग रहा था जैसे मैं किसी

दुश्मन के अड्डे में घुस रहा हूँ।"

अमन ने अपना सिर दीवार से टिका दिया।

"आज सोचता हूँ तो समझ आता है कि रौशन नहीं बदला था। कमरा नहीं बदला था। मैं बदल गया था और जब आदमी बदल जाता है तो पूरी दुनिया उसे बदली हुई दिखाई देने लगती है।"

कुछ क्षण तक केवल सन्नाटा रहा। फिर अमन ने आगे कहना शुरू किया।

"रौशन ने मुझे देखा। मुस्कुराया। 'आ गया?' बस इतना। जैसे हर रोज़ कहता था। लेकिन उस दिन मुझे उसकी मुस्कान भी चुनौती लग रही थी। उसका शांत रहना भी। उसका भरोसा भी क्योंकि मेरे भीतर कहीं यह बात चुभ रही थी कि यह आदमी अब भी मुझसे डर नहीं रहा।"

आरव ने धीरे से पूछा "तुम उससे नफ़रत करते थे?"

अमन ने तुरंत सिर हिला दिया।

"नहीं। यही तो सबसे भयानक बात है। मैं उससे नफ़रत नहीं करता था। मैं उससे प्यार करता था। बहुत करता था। वह मेरा भाई था। लेकिन उस समय मैं एक ऐसी दुनिया में जी रहा था जहाँ मुझे बार-बार बताया जा रहा था कि अपने सबसे क़रीबी आदमी को भी शक की नज़र से देखो और धीरे-धीरे मैंने उन आवाज़ों पर अपने दिल से ज़्यादा भरोसा करना शुरू कर दिया।"

अमन की आँखें भर आईं।

"रौशन कुछ कह रहा था। मुझे याद नहीं क्या। सच कहूँ तो उसके आख़िरी कई वाक्य मुझे याद ही नहीं क्योंकि उस समय मैं उसे सुन नहीं रहा था। मैं सिर्फ़ अपने भीतर का शोर सुन रहा था और वही शोर..."

वह रुक गया।

"वही शोर एक दिन अदालत तक पहुँचा। वही शोर मुझे इस जेल तक लेकर आया और वही शोर कल मुझे फाँसी के तख़्ते तक ले जाने वाला था।"

कोठरी में फिर सन्नाटा भर गया। बाहर सुबह पूरी तरह जाग चुकी थी। जेल की दिनचर्या शुरू होने वाली थी और आरव को महसूस हुआ कि अमन अब उस

घटना का वर्णन नहीं कर रहा, वह उसका बोझ उतार रहा है। एक-एक परत। क्योंकि पहली बार उसे कोई ऐसा मिला था जो उसकी कहानी सुन रहा था, उसका न्याय नहीं कर रहा था।

कोठरी के बाहर सुबह की हलचल शुरू हो चुकी थी। लोहे के दरवाज़ों की आवाज़ें। पहरेदारों की पुकार। गिनती के लिए तैयार होते कैदी।

लेकिन उस छोटी-सी कोठरी के भीतर समय जैसे ठहर गया था। अमन बहुत देर तक चुप बैठा रहा। आरव ने देखा कि उसकी उँगलियाँ काँप रही थीं। अब तक वह अपनी कहानी एक शांत आदमी की तरह सुना रहा था। जैसे सब कुछ बहुत पहले हो चुका हो। लेकिन अब उसके चेहरे पर वह शांति नहीं थी। अब वहाँ केवल थकान थी और पछतावा बहुत गहरा पछतावा।

"फिर क्या हुआ?" आरव ने धीरे से पूछा। अमन ने सिर उठाया। उसकी आँखें लाल थीं।

"फिर..."

"फिर कुछ ऐसा हुआ जो आज तक मुझे समझ नहीं आता। मैं रौशन को देख रहा था और उसी समय मुझे उसका बचपन याद आ रहा था। नदी याद आ रही थी।

वह पुराना स्कूल याद आ रहा था। आम का बगीचा याद आ रहा था। मुझे याद आ रहा था कि कैसे एक बार मैं पोखर में डूबते-डूबते बचा था और उसने मुझे खींचकर बाहर निकाला था। मुझे याद आ रहा था कि कैसे उसने अपने हिस्से की किताबें मुझे पढ़ने के लिए दी थीं। मुझे सब याद आ रहा था। लेकिन आदमी जब बहुत दूर निकल जाता है न, आरव...तो यादें भी उसे बचा नहीं पातीं।"

कोठरी में सन्नाटा भर गया।

"रौशन लगातार मुझसे बात कर रहा था।"

'अमन, बैठ।'

'शांत हो जा।'

'क्या बात है?'

"वह समझ ही नहीं पा रहा था कि मेरे भीतर क्या चल रहा है और सच कहूँ, मैं खुद भी नहीं समझ पा रहा था। मुझे लग रहा था जैसे मैं अपने शरीर में हूँ ही नहीं। जैसे कोई और आदमी मेरी जगह खड़ा है और मैं दूर कहीं बैठा उसे देख रहा हूँ।"

अमन ने आँखें बंद कर लीं।

"फिर एक क्षण आया, बहुत छोटा-सा क्षण। जिसमें सब कुछ खत्म हो गया।"

उसकी आवाज़ भर्रा गई।

"उसके बाद मुझे केवल रौशन का चेहरा याद है। हैरान चेहरा। डरा हुआ नहीं। हैरान। जैसे आख़िरी क्षण तक उसे विश्वास ही नहीं हुआ कि उसका अपना दोस्त उसके सामने खड़ा है।"

आरव का गला सूख गया।

"और फिर?"

अमन ने दोनों हाथों से अपना चेहरा ढक लिया।

"फिर कमरे में बहुत सन्नाटा हो गया। इतना सन्नाटा कि आज भी कभी-कभी रात में नींद खुल जाती है और मुझे लगता है कि मैं उसी कमरे में बैठा हूँ। पंखा घूम रहा है। खिड़की खुली है। धूप फर्श पर पड़ी है और रौशन अब मुझसे कोई सवाल नहीं पूछ रहा।"

कोठरी में कुछ क्षण तक केवल साँसों की आवाज़ सुनाई देती रही।

"तुम भागे नहीं?" आरव ने धीरे से पूछा। अमन ने सिर हिलाया।

"नहीं। भागकर जाता कहाँ? जिस आदमी से मैं भागना चाहता था वह तो मेरे भीतर था।"

उसने अपनी छाती पर हाथ रखा।

"मैं कमरे में बैठा रहा। बहुत देर तक। मुझे समय का पता नहीं। शायद एक घंटा। शायद उससे ज़्यादा। मैं बस बैठा रहा। पहली बार मेरे भीतर का सारा शोर खत्म हो गया।"

आरव ने उसकी ओर देखा।

"खत्म?"

अमन ने कड़वी मुस्कान के साथ सिर हिलाया।

"हाँ, और जब वह शोर खत्म हुआ तब मुझे सच्चाई सुनाई दी।"

"कौन-सी सच्चाई?"

अमन की आँखों से आँसू निकल पड़े।

"रौशन कभी मेरा दुश्मन था ही नहीं और जिस दुश्मन से लड़ने निकला था वह कहीं बाहर नहीं था। वह मेरे अपने भीतर पैदा हो चुका था।"

बाहर गिनती के लिए सीटी बजी। जेल का एक और दिन शुरू हो गया।

लेकिन कोठरी के भीतर बैठे दोनों आदमी जानते थे कहानी अब अपने अंतिम मोड़ के बहुत करीब पहुँच

चुकी है और अमन पहली बार अपनी कहानी नहीं सुना रहा था। वह अपने अपराध के साथ आख़िरी बार आँख मिलाने की कोशिश कर रहा था।

गिनती की सीटी बज चुकी थी। गलियारे में हलचल बढ़ने लगी थी। दूर से पहरेदारों की आवाज़ें सुनाई दे रही थीं। लेकिन आरव का ध्यान कहीं और था। उसे महसूस हो रहा था कि अमन अपनी कहानी के उस हिस्से तक पहुँच गया है जहाँ आदमी अदालत में नहीं, अपने भीतर कटघरे में खड़ा होता है।

कुछ देर तक दोनों चुप बैठे रहे। फिर आरव ने धीरे से पूछा "जब तुम्हें समझ में आ गया कि रौशन तुम्हारा दुश्मन नहीं था तब?"

अमन हँसा। लेकिन वह हँसी ऐसी थी जिसमें खुशी का एक कतरा भी नहीं था।

"तब? तब बहुत देर हो चुकी थी। ज़िंदगी की सबसे क्रूर बात जानते हो क्या है, आरव? कई बार समझ सबसे अंत में आती है। जब उसे किसी काम का नहीं रहना चाहिए।"

अमन ने रोशनदान की ओर देखा। अब सुबह पूरी तरह फैल चुकी थी। आसमान का छोटा-सा टुकड़ा नीला

दिखने लगा था।

"मैं कमरे में बैठा रहा। घंटों। मुझे लग रहा था जैसे मेरा शरीर पत्थर का हो गया हो। न रो पा रहा था। न बोल पा रहा था। न सोच पा रहा था। बस देख रहा था और जितना देखता उतना ही समझ आता जाता कि मैंने क्या कर दिया है।"

अमन की आवाज़ और धीमी हो गई।

"फिर मुझे पहली बार डर लगा। फाँसी का नहीं। पकड़े जाने का नहीं। अपने आप का क्योंकि मैं अपने आपको पहचान नहीं पा रहा था। मैं बार-बार एक ही सवाल पूछ रहा था— 'मैं यहाँ तक पहुँचा कैसे?' 'कब?' 'किस मोड़ पर?' लेकिन कोई जवाब नहीं था।"

कोठरी में फिर सन्नाटा भर गया।

"कुछ देर बाद लोग आए। फिर पुलिस आई। फिर सवाल शुरू हुए। लेकिन जानते हो, उन सवालों में से किसी का जवाब देना मुझे मुश्किल नहीं लगा क्योंकि सबसे कठिन सवाल तो मैं खुद से पूछ चुका था।"

आरव ध्यान से सुन रहा था।

"अदालत में जब मुक़दमा चला तो वकील मुझे बचाने की कोशिश करते रहे। कहते रहे कि मैं बहक गया था। मुझे उकसाया गया था। मुझ पर प्रभाव डाला गया था। शायद वे गलत भी नहीं थे। लेकिन एक बात वे नहीं समझ पाए।"

"कौन-सी?"

अमन ने उत्तर दिया "कि आख़िरी निर्णय मैंने लिया था। मेरे हाथ किसी और ने नहीं चलाए थे। मेरे भीतर जो कुछ भी भरा गया हो लेकिन अंतिम कदम मेरा था और उसी बात ने मुझे कभी चैन से जीने नहीं दिया।"

आरव ने देखा। अमन अब थका हुआ नहीं लग रहा था। बल्कि ऐसा लग रहा था जैसे वर्षों से अपने भीतर दबाए हुए पत्थर को धीरे-धीरे उतार रहा हो।

"जेल में आने के बाद शुरू के महीनों में मैं हर रात रौशन को देखता था।"

"सपने में?"

"नहीं। जागते हुए। आँख बंद करता तो वही चेहरा। आँख खोलता तो वही आवाज़।"

'अमन, बैठ।'

'अमन, सुन।' 'अमन, सोच।'

"और सबसे ज़्यादा मुझे उसकी आख़िरी बात याद आती थी।"

'जिस रास्ते पर तू जा रहा है उसके अंत में जीत नहीं है। सिर्फ़ अकेलापन है।'

अमन मुस्कुराया। एक टूटी हुई मुस्कान।

"वह सही था। पूरी तरह सही।"

बाहर से कैदियों को प्रांगण में ले जाने की तैयारी की आवाज़ आने लगी। चाबियाँ खनक रही थीं। ताले खुल रहे थे। अमन ने धीरे से कहा "जानते हो, आरव ! अदालत ने मुझे बहुत बाद में दोषी ठहराया। लेकिन मेरी असली सज़ा उसी दिन शुरू हो गई थी। जिस दिन

मुझे समझ आया कि मैंने अपने सबसे अच्छे दोस्त को नहीं खोया, मैंने खुद को खो दिया।"

इसके बाद वह चुप हो गया। बहुत देर तक।

पहली बार आरव ने महसूस किया कि अमन अपनी कहानी के अंत के करीब पहुँच रहा है। लेकिन उसके जीवन का अंत और कहानी का अंत शायद एक ही चीज़ नहीं थे।

अमन की बात समाप्त हुई तो कोठरी में फिर वही सन्नाटा लौट आया। लेकिन यह पहले वाला सन्नाटा नहीं था। यह वह सन्नाटा था जो किसी लंबे इक़रार के बाद आता है। जब आदमी अपने भीतर छिपी हुई सबसे भारी बात कह चुका होता है।

बाहर सुबह पूरी तरह जाग चुकी थी। रोशनदान से आती धूप अब दीवार पर चढ़ने लगी थी।

उसकी सुनहरी पट्टी धीरे-धीरे फर्श पर खिसक रही थी।

जैसे समय स्वयं चलकर किसी निश्चित जगह की ओर बढ़ रहा हो। अमन बहुत देर तक उस धूप को

देखता रहा।

फिर बोला "जानते हो, आरव, मैंने जेल में बहुत लोगों को देखा है। कुछ अपने जुर्म से इनकार करते हैं। कुछ दुनिया को दोष देते हैं। कुछ भगवान को। लेकिन सबसे मुश्किल काम क्या है, जानते हो?"

आरव चुप रहा।

"आईने में खुद को दोषी मानना।"

काफी देर तक दोनों कुछ नहीं बोले। बाहर कहीं दूर गिनती की तैयारी शुरू हो चुकी थी। चाबियों की आवाज़ें गलियारों में गूँज रही थीं। अमन ने पहली बार पूरी तरह आरव की ओर देखा।

"तुम्हें देखकर मुझे लगता है शायद आदमी आख़िरी समय तक बदल सकता है।" आरव हल्का-सा मुस्कुराया।

"और मुझे तुम्हें देखकर लगता है कि आदमी अपने अपराध से बड़ा भी हो सकता है।"

अमन की आँखों में एक क्षण के लिए चमक आई। शायद कई वर्षों बाद किसी ने उसे केवल अपराधी नहीं समझा था। कुछ देर बाद उसने सिर झुका लिया।

"काश रौशन यह सुन पाता।"

बाहर से किसी सिपाही की आवाज़ आई। गिनती में अब ज़्यादा समय नहीं था। धूप और आगे बढ़ चुकी थी। अमन ने रोशनदान की ओर देखा। आसमान का वही छोटा-सा टुकड़ा। वह बहुत देर तक उसे देखता रहा। इतनी देर तक कि आरव को लगा जैसे वह आसमान को नहीं, अपने पूरे जीवन को देख रहा हो।

गाँव।

नदी।

स्कूल।

रौशन।

वह कमरा।

वह बहस।

वह एक क्षण जिसने सब कुछ बदल दिया।

फिर अचानक उसके चेहरे पर एक अजीब-सी शांति उतर आई। वैसी शांति जो आरव ने पहले कभी नहीं देखी थी। न पछतावा। न डर। न बेचैनी। केवल थकान के बाद मिलने वाला विश्राम। अमन ने बहुत धीरे से कहा "अब शायद रौशन से मिलने का समय आ गया है।"

आरव कुछ समझ नहीं पाया।

"क्या मतलब?"

अमन मुस्कुराया।

"कुछ नहीं।"

फिर वह चुप हो गया। पूरी तरह।

कुछ क्षण बीते।

फिर कुछ और।

आरव ने सोचा कि शायद वह फिर अपने विचारों में खो गया है। लेकिन इस बार कुछ अलग था। बहुत अलग। कोठरी में एक ऐसी निस्तब्धता भरने लगी थी जो शब्दों से नहीं टूटती।

आरव ने उसका नाम पुकारा।

"अमन?"

कोई उत्तर नहीं।

"अमन?"

फिर भी नहीं।

उसका दिल अचानक तेज़ धड़कने लगा।

वह उठकर उसकी ओर बढ़ा और तभी उसे समझ आया कि अमन की यात्रा वहाँ पहुँच चुकी थी जहाँ कोई दूसरा उसके साथ नहीं जा सकता।

बाहर गलियारे में कदमों की आवाज़ें सुनाई देने लगीं।

गिनती शुरू होने वाली थी। हिम्मत सिंह शायद कुछ ही क्षणों में वहाँ पहुँचने वाला था। लेकिन उससे पहले ही सब कुछ बदल चुका था। आरव सलाखों को पकड़कर खड़ा रह गया। उसकी आँखें रोशनदान की ओर उठ गईं। वही आसमान। वही सुबह। लेकिन आज उसे पहली बार लगा कि जेल की सबसे ऊँची दीवार भी आदमी के पछतावे से ऊँची नहीं होती।

कुछ ही देर बाद गलियारे में हिम्मत सिंह दिखाई दिया। उसके चेहरे पर हमेशा की तरह कठोरता थी। लेकिन कोठरी के सामने पहुँचते ही उसके कदम रुक गए। कई क्षण तक वह कुछ नहीं बोला। फिर पहली बार उसकी आवाज़ धीमी हुई। बहुत धीमी।

"गिनती रुकवाओ..."

और उसी क्षण उगते हुए सूरज की रोशनी पूरी कोठरी में फैल गई।

अमन की कहानी समाप्त हो चुकी थी। लेकिन आरव की आँखों में नींद नहीं थी।

हिम्मत सिंह और दूसरे सिपाही कोठरी के बाहर खड़े थे।

गलियारे में हलचल बढ़ गई थी। कुछ कैदी सलाखों के बीच से झाँकने की कोशिश कर रहे थे।

लेकिन आरव को अब कुछ सुनाई नहीं दे रहा था। वह केवल अमन की जगह को देख रहा था। कल तक वहीं एक आदमी बैठता था। एक ऐसा आदमी जिसे वह कुछ दिन पहले तक जानता भी नहीं था। लेकिन अब उसे लग रहा था जैसे उसने वर्षों तक उसे जाना हो।

उसे अचानक अपना पहला दिन याद आया। वह दिन जब वह स्वयं इस जेल में लाया गया था। उस समय उसे लगता था कि उसकी कहानी सबसे दुखद है।

एक मेधावी छात्र।

एक टूटा हुआ बेटा।

एक नशे का शिकार युवक।

एक हत्यारा।

उसे लगता था कि उसका अपराध दुनिया का सबसे बड़ा अपराध है।

लेकिन अब... अब वह समझ रहा था कि अपराधों का आकार अलग हो सकता है, पर उनकी जड़ अक्सर एक जैसी होती है।

उसे अपना वह सीनियर याद आया जिसने उसके हाथ में पहली बार नशे की गोली रखी थी। फिर उसे अमन के वे दोस्त याद आए जिन्होंने उसके मन में नफ़रत के बीज बोए थे और पहली बार आरव को दोनों में कोई अंतर दिखाई नहीं दिया।

एक ने शरीर को कैद किया था। दूसरे ने विचारों को।

एक आदमी को अपने आप से दूर ले जाता है। दूसरा आदमी को दूसरे इंसानों से दूर ले जाता है। लेकिन दोनों का अंत एक जैसा होता है।

अकेलापन

विनाश

पछतावा

उसने रोशनदान की ओर देखा।

आसमान अब पूरी तरह उजला हो चुका था। सूरज की किरणें जेल की दीवारों पर फैल रही थीं।

उसे अचानक अमन का चेहरा याद आया।

फिर रौशन का।

फिर उस बूढ़े आदमी का, जिसकी मृत्यु उसके हाथों हुई थी।

उसे लगा कि तीनों कहीं न कहीं एक ही कहानी के पात्र थे। क्योंकि तीनों की मृत्यु अलग-अलग कारणों से हुई थी, लेकिन तीनों मौतों की जड़ एक ही थी। एक ऐसा ज़हर जिसे समाज समय रहते पहचान नहीं पाया।

कभी वह शीशी में आता है, कभी भाषणों में, कभी दोस्ती के रूप में, कभी आस्था के नाम पर और जब तक आदमी समझ पाता है कि वह ज़हर है, तब तक बहुत देर हो चुकी होती है।

आरव ने धीरे से अपनी आँखें बंद कर लीं। उसे पहली बार अपनी फाँसी का भय नहीं लग रहा था। पहली बार वह अपने अपराध से भाग भी नहीं रहा था। उसे लग रहा था कि अमन उसे कोई विरासत देकर गया है। एक चेतावनी कि इंसान को मारने से पहले हर ज़हर उसकी सोच को मारता है और जिस दिन समाज अपने युवाओं को यह पहचानना सिखा देगा कि कौन-सा विचार उन्हें इंसान बना रहा है और कौन-सा उनसे उनकी इंसानियत छीन रहा है, उस दिन शायद बहुत-सी जेलें खाली हो जाएँगी।

बाहर सूरज पूरी तरह उग चुका था। जेल की दीवारें वहीं थीं। सलाखें वहीं थीं। फाँसी का तख़्ता भी कहीं वहीं था। लेकिन आरव को पहली बार लगा कि कैद केवल लोहे की सलाखों में नहीं होती। कुछ कैदें मन में होती हैं। और उन कैदों से मुक्त हुए बिना कोई भी आदमी सचमुच आज़ाद नहीं हो सकता।

उसने आख़िरी बार आसमान की ओर देखा। फिर धीरे से अपनी आँखें बंद कर लीं। बाहर एक नया दिन शुरू हो चुका था और भीतर एक कहानी अपना अर्थ पा चुकी थी।

समाप्त

उपसंहार

प्रिय पाठकों,

यदि आपने इस यात्रा को अंत तक पूरा किया है, तो मैं आपका हृदय से आभारी हूँ। "दूसरा ज़हर" केवल एक कहानी नहीं, बल्कि एक प्रश्न है हमारे समय से, हमारे समाज से और कहीं न कहीं हम से भी। इस उपन्यास का उद्देश्य किसी व्यक्ति, समुदाय या विचार को कटघरे में खड़ा करना नहीं, बल्कि उन परिस्थितियों और प्रवृत्तियों पर विचार करना है जो इंसान को उसकी संवेदनशीलता और विवेक से दूर ले जाती हैं। यदि इस कथा ने आपको कुछ क्षणों के लिए सोचने पर विवश किया है, यदि इसने आपके मन में कोई प्रश्न, असहमति, पीड़ा या विचार जन्म दिया है, तो इसका उद्देश्य पूरा हुआ।

मैं आपके सुझावों, आलोचनाओं और प्रतिक्रियाओं का सदैव स्वागत करूँगा, क्योंकि किसी भी लेखक के लिए उसके पाठक ही सबसे बड़े मार्गदर्शक होते हैं।

आपके विचारों और स्नेह की प्रतीक्षा रहेगी।

सादर,

-कबीर श्रीवास्तव

kshrivastava333@gmail.com

www.ingramcontent.com/pod-product-compliance
Lightning Source LLC
La Vergne TN
LVHW090358210926
848480LV00002B/385